小路幸也

ビタースイートワルツ
Bittersweet Waltz

実業之日本社

実業之日本社文庫

CONTENTS

東京・北千住《きたせんじゅ》の一角に弓島大《ゆみしまだい》（ダイ）の生家はあった。さほど大きい敷地ではないが、祖父が建てた和洋折衷の小さな洋館風の家と、向かい合うように建てられた平屋で純和風の家。中庭には祖父が植えたという桜の老木が、毎年遅咲きの花を咲かせていた。ダイは、祖父母が亡くなった後にこの洋館風の家で、大学でバンドを組んだ、淳平《じゅんぺい》、ヒトシ、ワリョウ、真吾《しんご》と暮らし若き日を過ごし、淳平の恋人になった緒川茜《おがわあかね》の事故死を経験した。それから二十数年後、真吾の葬儀に集まった淳平、ヒトシ、ワリョウとともに、あの日々へと思いを馳《は》せるロング・ドライブをする（『モーニング』で語られる大学生だったダイと仲間の日々と、四十五歳になった仲間との再会の一日）。

若き日は過ぎ、大学を卒業してそれぞれが社会人となりそれぞれの人生を送り、広告会社に就職したダイは恋人であった夏乃《なつの》との永遠の別れを経験。退社し家を改装して〈弓島珈琲《コーヒー》〉を開き喫茶店のマスターとして過ごしていた。両親の友人であった元女子プロレスラーの丹下《たんげ》、ビリヤード場を経営する苅田《かりた》、常連の高校生純也《じゅんや》や香世《かよ》などと平穏な日々を送っていたが、そこにやってきた近所の子供である芳野《よしの》みいなに、姉のあゆみを捜してほしいと頼まれたことから、部屋を貸していた刑事の三栖《みす》とともに夏乃との別れと再び向き合うことになる（『コーヒーブルース』で語られる三十歳になったダイと店の常連仲間が巻き込まれる事件）。

時が流れ、ダイももうじき四十歳になろうとしている。年寄りはさらに年を重ね、若者は大人へと成長する。

そしてまた、〈弓島珈琲〉にひとつの事件が持ち込まれる。

※　※　※

二〇〇〇年四月。

1

ひらひらと一枚、二枚、三枚と桜の花びらが散ってきてテーブルの上に落ちた。そのテーブルを拭《ふ》いていた手を止めると同時に思わず微笑《ほほえ》んでしまう。

遅咲きのこの庭の桜もようやく七、八分咲きになった。天気予報ではしばらく晴天が続くそうだから、今年も店にやってくるお客さんの眼を楽しませてくれて、それから庭中に桜色の絨毯《じゅうたん》を広げてくれるだろう。この桜は本当に見事なほどに咲く花の数が多い。遠くから観るとまるで桜色の大きな塊《かたまり》があるように見えるほど。

すぐ近くの千住元町《せんじゅもとまち》小学校の子供たち、特に女の子は学校帰りによく庭に寄り道して、桜の花びらを集めたりして遊ぶ。何に使うのかはわからないけど、持って帰っていいですかと聞いてくる子も多い。

喫茶店に改装する前はそれほど気にしていなかったけど、こうして〈店の庭にある桜〉となると、実に風情のある形だということがわかる。

枝ぶりが綺麗《きれい》なんだ。

幹が庭の真ん中にあってそこから四方にきれいに枝が延びて傘《かさ》のように拡《ひろ》がっている。だから、その枝の下に置かれたテーブルでは見上げると桜を透して空を見上げる形になって、お歳を召した方々には本当に好評だ。この時期だけの贅沢《ぜいたく》だと言って一日に何回もやってくるご老人もいる。

ここのテーブルの椅子《いす》だけこの時期はデッキチェア風のものを置いて、ゆったりと空を見上げられるようにしてあるのはそのためだ。そこでついうっかり居眠りしてしまうご老体がいるのは少し困るけれど。

片付けるカップを手にして店に戻ろうと振り向いたら、足元にクロスケがちょこんと座ってこっちを見上げていた。

「なんだ」

にゃあん、と鳴いた。そうか、もう三時か。おやつください、の催促か。

「お母さんに言いなさい」

歩き出すとクロスケもその後を足取りも軽くついてくる。途中で待ち切れなくなったのか先に店の中に走り込んでいって、ひょいとスツールを足場にしてカウンターの上に飛び乗った。クロスケを丹下さんが拾って家に連れて来てから一年になるけど、そういう猫の動きは見る度に感心する。どうしてあんなしなやかな動きができるもんだか。

「こらっ」

洗い物をしていた丹下さんが、全然怖くない声でしかも笑顔で言った。

「カウンターに上がっちゃいけません」

まったく怖くない。だからクロスケもにゃあんと鳴いて丹下さんの目の前まで移動してちょこんと座った。しょうがないねぇ、と相好を崩して丹下さんは洗い物の手を止めて、エプロンで軽く手を拭いて後ろの棚《たな》に置いてある缶から煮干しを取り出し、クロスケの目の前に置いた。

猫を飼うのは初めてだった。

犬のクロスケが二年前に十二歳で死んでしまった。大人しくて子供好きだったクロスケはこの店のアイドルみたいなもので、主人よりはるかに多く客を呼び込んでいた。この〈弓島珈琲〉はクロスケと丹下さんでもっていると言われたぐらい。死んだと聞かされた店のお客さんは皆、カウンターの隅に飾ったクロスケの写真に手を合わせてくれた。

やっぱり急に淋《さび》しくなるもんだねぇと常連の皆と話していた矢先に、丹下さんが近くの公園にダンボールに入れて捨てられていたこのクロスケを見つけた。文字通り、足の裏も真っ黒な黒猫。猫と犬の違いはあるけれども、犬のクロスケの毛並みにそっくりでしかもオス。

これは何の偶然なんだろうね、と二人で話して、二代目クロスケとして店で飼うことにした。

利口な猫なんだ。教え込んだわけでもないのに、お客さんがいるときには決して店内をうろうろしたり、カウンターの上に乗ったりしない。隅に置かれた自分専用の椅子で寝ているか、常連さんの膝《ひざ》の上で甘えているかのどっちかだ。猫好きのお客さんに呼ばれると歩いていって愛想を振り撒《ま》いたりもする。

その様子は本当に犬のクロスケにそっくりだった。丹下さんも常連の皆も、きっとクロスケが生まれ変わってきたんだねぇとしみじみ言っていた。

「クロスケには甘いんだから」

笑いながら言うと、丹下さんは大げさに眼を丸くさせて体を揺らせた。その笑いにクロスケが反応して見上げた。

「この年になるとね、何にでも甘く緩《ゆる》くなるんだよ」

「僕や三栖さんには厳しいよ」

あんたたちにはね、って笑う。

「男の癖《くせ》に何歳になっても甲斐性なしだからハッパかけてんだよ」

「面目ない」

また春が巡《めぐ》ってきて、二人ともそれぞれに年を取る。

この間も、いよいよ来年は四十歳じゃないか！　と丹下さんに叱《しか》られた。嫁さんはもちろんもう子供が三人ぐらいいてもいい年なのにいつまでもフラフラして、ということだ。

丹下さんの感覚では男は自分の家族を作って家を持って初めて一人前。親の遺《のこ》した家で暮らしてしかもいまだに独身なんていうのは半人前もいいとこなんだそうだ。「だからいつまでもあたしゃ引退できないんだよ」と毎日こぼされている。まぁ三栖さんの場合はバツイチになるんだけど、それも甲斐性なしのひとつと言われている。

背の低い厚手のガラスコップを取り出して水を入れて、さっき落ちてきた桜の花びらを三枚浮かせた。絵に描いたようなきれいな〈桜の花びら〉の形をしている。何かと思って見ていた丹下さんもにっこり笑って頷《うなず》いた。

「今年もきれいに咲いてくれたね」

「そうだね」

丹下さんがカウンターに手をついて、庭を見る。あの桜もこの家が建った頃に植えたのだから、もう五十歳は越えているはずだ。

「あと何年、こうやってカウンターの中から桜が咲くのを見られるかねぇ」

「なに淋しいこと言ってるの。まだそんなに元気なのに」

往年の女子プロレスファンなら誰もがその名を知るヒール、〈キラー・ザ・怒子《どこ》〉は、引退して二十年以上も経つというのにその頑強な肉体は健在だ。今年六十七になるのにいまだに丹下さんに腕相撲で勝ったことがない。

「そうは思っているんだけどねぇ」

小さく息を吐いた。

「あたしより年下で、しかも並の人より丈夫だった苅田の旦那があんなことになっちまうとねぇ。いろいろ思っちゃうよ」

「あぁ、まぁそれは」

病気はどうしようもないから、と言うしかない。

店の常連で、駅前通りでビリヤード場をやっている苅田さんが、胃ガンで入院して手術したのはつい一週間ほど前だ。

幸い、まだ初期だったらしくて転移さえしなければ大丈夫だという話なんだけど、すっかりやつれてしまった病室での苅田さんの姿は、私はもちろんほぼ同い年の丹下さんにはかなりショックだったようだ。

苅田さんも丹下さんも私を小さい頃から知っている。ずっと可愛がってくれたし、もうすぐ四十になろうとしている今でさえ世話になりっぱなしだ。世間一般のこの年の男性は、お世話になった人たちにどうやって恩返しをしているのか。本気でそういうことを考えなきゃならないと最近は思う。

「そういや、昨日、結局三栖の旦那は帰ってこなかったんじゃないのかい」

「そうだね」

「出世したってのにいつまでも忙しいのかね」

「あの人は現場が好きだから」

三栖さんが、隣りに建つ私の両親が遺した日本家屋に住み始めてもう十年近くになる。私はこの店の二階が住居だけど、独身の、しかもいい年した男が二人でそんなに長い間一緒に住んでいると、苅田さんの言を借りると「まさかお前らできちまったんじゃないだろうな？」と、〈三栖とダイは女に懲《こ》りてゲイに走った〉疑惑も囁《ささや》かれた。むろん、そんなことはない。

どんな縁かわからないけど、それこそお互いに、女性絡みでいちばん辛い時期を意図せずに一緒に過ごしてしまった。何も言わずにわかりあえる部分が多い人間が傍《そば》にいるというのは、まぁ楽といえば楽だ。互いに腹に何も抱えることなく付き合える。

「また一人甲斐性なしが来たよ」

誰かと思い振り返ると、庭から純也が入ってくるところだった。

「まいどー」

「まいどじゃないよ。なにフラフラしてるんだい」

スツールに飛び乗るように座りながら純也が笑う。いつの間にカウンターから下りたのか、床から膝に飛び乗ったクロスケを驚きもしないで、純也は抱っこする。

「いい加減に理解してよ丹下さん。オレはね、今フリーなの。フリーのゲームシナリオライター。家で仕事してんだから。ねー、クロスケ」

「ゲームのどこが仕事なんだい本当に」

「いいから、ミートソース大盛りとアメリカンね」

まったくもうこんな中途半端な時間にご飯大盛りかい、と、ぶつぶつ言いながら丹下さんは寸胴から雪平鍋にミートソースを二人前入れて、火にかける。

訊《き》かれる度に何度も説明しているのだけど、どうも丹下さんはゲームというのはただのコンピュータの遊びであり、それを作ることが仕事だとは思えないらしい。

「そういえばダイさん！　昨日観た？　『アンビリバボー』」

「いや？　観てないけど」

「後からビデオ貸してあげるよ。おもしろかったぜー。スカイフィッシュっていう未知の眼に見えない生き物が空を飛んでるんだよ！　すっげぇUMA」

「へぇ」

警視庁の刑事である三栖さんに憧れて警官になるかな、と言っていた純也は高校を卒業すると同時に、大手のゲーム会社に就職した。高校時代に書いたゲームの企画が、その会社が一般公募していたコンテストのプロジェクトに採用されたんだ。正義感に溢《あふ》れていたけどやんちゃな子供としか認識していなかった私たちは、そんな才能を隠していたのかと誰もが驚いたのだけど。

その会社でヒット作を作り上げた純也は、ついこの間独立した。円満退社だったらしくて、今は会社を跨《また》いだ新規のプロジェクトの中心人物として準備中だそうだ。

ミートソースの匂いがしてきて、丹下さんがスパゲティの麺《めん》を二人前冷蔵庫から取り出して、火にかけたフライパンに放り込んでから無塩バターを入れる。最初にバターを溶かさないで麺に絡《から》めるのが丹下さん流だ。

「あんたもさぁ、純也」

「なに」

おまちどおさま、と、純也の目の前に大盛りのミートソーススパゲティを置きながら言う。

「ダイちゃんや三栖の旦那と遊んでばかりいるから、独身の虫が移って香世ちゃんにふられちまったんだよ」

「うるさいですー。そもそもオレは香世とくっついたことはありませんー。ほらクロスケ下りろ」

「そういえば昨日、香世ちゃんから電話があったよ。来週用事があって実家に帰るんだけど店は開いてるかって」

ふーん、と、言いながら純也はミートソースを頬張《ほおば》る。香世ちゃんが結婚するって決まったときに一緒に飲みに行って人生いろいろあるさ、と慰《なぐさ》めてやったのは丹下さんには内緒だ。

「あれだね、そのうちに、子供でも連れてくるんだろうねこの店に」

「そうだね」

近所に住んでいて小さい頃から見てきた女の子が、大人になって結婚までしてしまうというのは、それなりに感慨深いものがあった。ましてや香世ちゃんはずっとうちの常連でいてくれたから。女の子の父親というのはこういう気持ちになるのかなぁと、ちょっとした疑似体験もできた。

「三栖さん、今夜は遅いのかな」

口についたソースを紙ナプキンで拭きながら純也が言った。

「さてね。昨夜も帰ってこなかったから、ひょっとしたら大きな事件があって泊まり込んでいるのかもしれない」

「シナリオでさー、訊きたいことがあったんだよね。警察の組織について。携帯メールでもしてみるかな」

「あんたみたいにフラフラしてるんじゃないんだから。仕事中なんだからやめときな」

「そだね」

「今晩帰ってきたら言っておくよ」

流していたエルヴィス・プレスリーが終わったので、CDラックまで歩いてディスクを取り出した。次に何を掛けるか一瞬迷ってから、クリス・レアにした。ジャジーな声がスピーカーから流れ出す。

床にちょこんと座っていたクロスケがふいに動いて、自分の席に向かっていった。そういうときはお客さんが来たということだから、入口に目を向けるとすぐにカランと音が鳴って、扉が開いた。

「いらっしゃいませ」

「こんにちは」

明るい声が響いた。薄手の空色のショートコート。扉を開けたときの風に揺れた長い黒髪を手で押さえながら、あゆみちゃんが入ってきた。

「おー、久しぶりじゃん」

純也がフォークを持ったまま軽く手を上げる。そう言えばしばらく純也と店で一緒になることがなかったか。丹下さんが、いらっしゃい、と微笑んだ。

「ご無沙汰《ぶさた》してます、純也さん」

「元気だったー？」

「お陰様で」

たくさんの本や資料が詰まった重そうな鞄《かばん》を、カウンターの脇にある和箪笥《だんす》の上に置いた。そこは常連さんなら知る荷物置き場だ。

「大学の帰り？」

「そうです」

ショートコートを脱いで、きちんと丁寧《ていねい》に畳んで鞄の上に置いた。そういう彼女の所作を、丹下さんが以前に褒《ほ》めていた。お母さんやお祖母さんにきちんと躾《しつ》けられて、いい娘になったわよね、と優しく微笑むんだ。

九年前、あんな事件を経験して、この子たちにどんな傷が残っただろうかと随分心配もしたのだけど。それをものともしないで、あゆみちゃんも、妹のみいなちゃんも真っ直ぐに育ってくれたと思う。

「いつもより早いけどまっすぐ来たのかい？」

丹下さんが訊くと、ちょっとだけ顔を顰《しか》めて小さく首を振った。

「学校休んだ友達の家に寄ってきたんですけど留守で」

「何にする？」

訊くと、あゆみちゃんは少し微笑む。

「晩ご飯を食べていっていいですか？」

「いいよ」

「じゃあ、コーヒーください。後でお買い物行ってきます」

そう言って、純也の隣りのスツールに座った。

「なに、またダイさんの晩ご飯を作るの？」

「はい。純也さんの分も良かったら作りますけど」

たった今平らげたばかりの純也の前の皿を見た。

「夜食にするからよろしく」

神田《かんだ》にある大学に通うあゆみちゃんは、千駄木《せんだぎ》で一人暮らしをしている叔母さんのマンションに居候《いそうろう》している。看護婦である叔母さんは夜勤も多く、そういうときにはここで晩ご飯を作って自分も食べて家に帰る。

少しでも恩返しをしたい。

大学に入学してまた東京に住むことになったときに、あゆみちゃんはそう言ってきたんだ。あのときに、ダイさんや皆さんに救われなかったらどうなっていたかわからない。だから、何かで返したいって。そんなことは考えないでいいと言ったのだけど、あゆみちゃんの気持ちも考えて丹下さんが提案したのが、料理だ。

私も三栖さんも日々のご飯は適当だ。晩ご飯なんかは基本営業中だから食べずに済まして、客がいないのを見計らって軽く摘《つま》む程度になることも多い。三栖さんに至っては仕事で何かあれば、まるでドラマで張り込んでいる刑事のようにあんパンひとつで済ませることもあるそうだ。

だったら、花嫁修業にもなるだろうから、私たちの晩ご飯をときどき作りに来たらどうだい、と。丹下さんのその提案をあゆみちゃんは受け入れて、もう三年間もずっと通ってくれている。

「勉強は順調？」

ミートソースを食べ終わった純也が、コーヒーを一口飲んで訊いた。

「順調かどうかはわからないけれど、がんばってます」

「早いとこ弁護士さんになってさ。オレの作る会社の顧問弁護士になってよ」

「えー、そうなれたらいいですけど」

屈託なく話し込む二人を、コーヒーを落としながら丹下さんが微笑んで見ていた。そのままこっちに眼を向けて、少し肩を竦《すく》めた。

＊

あゆみちゃんが作っていってくれた晩ご飯、白身魚のフライに具沢山《ぐだくさん》のミネストローネ、それに白いご飯を純也が食べに来たのは夜の九時半を回っていた。いつものように丹下さんは七時過ぎに上がって、お客さんもいなくなった今はクロスケがカウンターで堂々と寝ている。

「毎度毎度さぁ」

温《あたた》めてカウンターに並べたご飯を食べながら純也は言う。

「後から温め直しても美味《おい》しいメニューを考えてくれるって、頭が下がるよね本当に」

「まったくだ」

もちろん店でこんなメニューを作るわけにはいかないので、あゆみちゃんはいつも二階の台所で調理をする。忙しいときは別にして、そのまま二階の部屋でできるだけ一緒にご飯を食べるようにしている。それが、心を尽くしてくれる彼女への礼儀というものだろうから。

「いい加減、受け入れちゃったら？」

「うるさいよ」

「あゆみちゃん、マジでダイさんのことが好きなんだぜ」

「いつも言ってるだろう」

彼女は、まだ二十一歳だ。

中学のとき、ある意味では父親に裏切られるような形で事件に巻き込まれ、そしてそれがきっかけで両親は離婚。母親と妹と三人で、埼玉《さいたま》の母方の実家に住むことになりこの住み慣れた千住の街を出た。

「失った父親像とかそういうのを重ねているだけだよ」

私は、来年四十だ。彼女の父親といってもまぁギリギリ通用する年齢だ。

「だって彼女だってそういうのを抜きに好きなんだって言ってるって。オレはこの耳で聞いてるんだからさ」

純也もまた、あのときに彼女を助けたメンバーの一人だ。あゆみちゃんが大学に入学してからは、年齢が近いこともあって香世ちゃんを含めて三人で遊びに出掛けることも多かった。

「そうは言ってもだ」

あゆみちゃんはこれから大学を卒業して弁護士を目指す。その進路決定もひょっとしたら自分が犯罪に巻き込まれたという過去から来ているのかもしれない。

「学校を出て社会に出ればいろいろとあるさ。お前だってそうだったろう？　二十五になった今の自分を十八歳のときに想像できたか？」

「できてないね」

「だからだ」

こんな男を慕《した》ってくれるあゆみちゃんの気持ちは嬉《うれ》しい。嬉しいとは思うが。

「彼女が様々な経験をするのはこれからだ。その上で尊敬できる人が、もっと好きになれる男性が現れるかもしれない。そういう彼女の未来を、今、僕が決めるわけにはいかない」

ったくお堅いんだから、と純也は言う。

「だからってオレとあゆみちゃんをくっつけようなんて思わないでよ。ダイさんに惚れた女なんかゴメンだからね」

純也が薄く笑う。

「そんなことしないよ」

私の中にはまだ小学生の頃の笑顔の記憶も残っている純也だけど、もう二十五歳だ。その笑みの向こう側に大人の男の影だってある。

このまま客が来なければもう閉店だということがわかっていて、カウンターの上で堂々と寝ていたクロスケの耳がひゅるん、と動いて、急に顔を上げて店の入口の方を見た。

三栖さんでも帰ってきたのかと思っていると、カランと音を立てて開いた入口に女性の姿が見えた。

「いらっしゃいませ」

初めて見る顔だ。少し不安気な様子で小さく頭を下げて一、二歩店内に入ってきた。

「もう、閉店でしょうか」

閉店時間はあってないようなもの。もしこれが酔っぱらいのおっさんだったら「すみません終わりなんですよ」と断ったかもしれないけど、彼女の立ち居振る舞いに、どこか馴染《なじ》んだような雰囲気を感じた。

何だろう。でも初めて見る顔だ。

「コーヒーを飲む時間ぐらいは、まだ大丈夫ですよ」

そう言うと、彼女は唇《くちびる》を結んで、まっすぐにカウンターに向かってきた。

身長はそれほど高くはない。シンプルな、でも品の良い色合いのグレーのパンツスーツはとても身体に馴染んでいるので、社会人としてはベテランの部類じゃないのか。二十代後半か三十代前半というところだろうか。

髪の毛は肩に届くか届かないかのストレートで、きれいな黒髪。手には黒い小さなバッグを持っている。シンプルだけどところどころに凝《こ》った金具が付いているから、仕事にもプライベートにも使えるものだろう。けれども書類が入るサイズではないから、少なくともそういうものを持ち歩く職種ではない。

「ブレンドをお願いします」

「はい」

メニューも見ないで頼む。きれいな姿勢でスツールに座る。座りながらも眼だけがゆっくりと動いて周囲を観察している。

BGMはディオンヌ・ワーウィックからトム・ウェイツに変わった。〈A Sight for Sore Eyes〉だ。トム・ウェイツ独特の嗄《しゃが》れ声が店内に響いていく。

これでも客商売を始めて十年以上経つから、それなりに人間を観察することには長《た》けてきたと思っている。

この女性は何か目的があって来たんじゃないか。もちろんそれはコーヒーを飲むという以外の目的だ。

サイフォンにお湯を入れて、種火を大きくする。その間にブレンドの豆を密閉缶から一すくいしてコーヒーミルに入れる。大きな音がして砕かれる豆。サイフォンのお湯が沸いたところでフィルターを嵌《は》めた上部をセットするとすぐにお湯が下から上がってくる。そこに挽いた豆を入れる。木べらで優しく混ぜる。

そういう一連の動作を、彼女はそれとなく観察しているのがわかった。動作を確認しているんじゃない。私という人間をじっと見ている。

クロスケはいつの間にか純也の膝の上に移動していた。純也もクロスケを撫《な》でながら、煙草を吹かしながら、のんびりとした様子で私がコーヒーを落とすのを見ていたけど、閉店間際にやってきたこの女性をそれとなく観察しているのがわかった。

高校生の頃の純也は、どこにでもいる、少し軽めの高校生という雰囲気が漂っていたけど実は違う。この男は小さい頃から自分以外の人間にものすごく気を遣う奴だった。それはつまり、常に自分の周囲の人を観察しているってことだ。それが今の、シナリオライターという職種にも役立っているんじゃないかと思う。ストーリーを組み立てるということは、すなわち人間の行動や考え方を描いていくことだから。

コーヒーが落ちるまでの数分間、ここにいる三人がそれぞれのやり方でそれぞれを観察するという、ある意味では緊張感に溢れた時間が流れていた。

「はい、お待たせしました」

彼女は小さく頷いた。初めて来た店で、テーブルが空いているのにカウンターに座る客というのは、一人でこういう喫茶店で時間を過ごすことに慣れているか、あるいは何かを確かめたい人だと思う。

「猫は、大丈夫ですか？」

一応確認する。中には猫嫌いの人も、アレルギーの人もいる。彼女はそこで初めて少し笑顔になった。

「大丈夫です。大好きです」

「それは良かった。クロスケと言います。機嫌が良いときには呼ぶと寄ってきますよ」

小さく頷き、コーヒーを一口飲んで純也の膝の上のクロスケを見つめた。名前を呼ぶのかと思ったけど、また私に向き直った。

「あの」

「はい」

「弓島大《だい》さんでしょうか」

「そうです」

微笑みながら頷いた。

「三栖警部の大家さんですね？」

意外な名前が出てきたのに、驚いた。純也も同じだったようで少し体が動いた。〈三栖警部〉と呼んだということは。

「大家、と言うほどしっかりしたものではないですけど、そうです」

部屋を貸していると言っても商売ではない。友人を自分の家の部屋に住まわせているという程度のものだけど。彼女はコーヒーカップを置き、バッグから名刺入れを出して、一枚差し出してきた。

でも手慣れた様子ではない。名刺を渡し慣れていない人だ。

「失礼しました。私、三栖警部の部下で、甲賀《こうが》と言います」

「甲賀さん」

警視庁刑事部組織犯罪対策室企画分析課第五班。

甲賀芙美《ふみ》。

名刺にはそう書いてあった。警視庁の部署名ってこんなに長いのかと驚いて、甲賀さんの名前が、名は体を表すというけど、その通りの雰囲気だなと感心した。

けれども、その人が何故《なぜ》ここにと考えを巡らせて、つい眉間に皺《しわ》が寄ってしまったかもしれない。

「三栖警部、まだご帰宅ではないですよね？」

「はい」

昨日は帰ってこなかった。そう言うと甲賀さんは軽く唇を嚙《か》んだ。

「弓島さんに、電話とか、あるいはEメールや携帯メールなどは」

「ないですね」

そもそも携帯電話を持っていない。純也は既に携帯電話は欠かせないアイテムになっていて、丹下さんでさえこの間買ったけど。何せ日がな一日店にいるから携帯電話を持つ必要がない。まぁパソコンは持ってるのでEメールはたまに使っているけど、三栖さんから来たことなんかない。

「実は」

そこで、一度言葉を切って躊躇《ためら》うような表情を見せた。ちらりと、純也の方を見た。純也もそれに気づいた。

「えーと」

純也がクロスケを抱いて、そっと床に下ろした。

「何か、差し支えがあるような話なら僕は帰りますけど。あ、お気遣いなく、近所の常連なんで」

慌《あわ》てて、いえ、と甲賀さんは首を小さく振った。

「ひょっとして、純也さんでしょうか。ゲームシナリオライターの」

純也が眼を大きくした。

「そうです。え？　どうして」

「三栖警部がよく話しています。純也さんのお蔭でゲームがただで貰えて助かると」

「あ、そうですか」

三栖さん、部下にそんな話もしているのか。いや、あの人がそんな話をしたということは、この人は本当に腹心の部下なんだろう。

「本当に突然で、唐突で申し訳ないのですが、弓島さん」

「はい」

「ここには私個人の判断で来ました。これから話すことも本来なら一般の方に教えてはいけないようなことなのですけど、三栖警部とごく親しい弓島さんや、純也さんに確認したいことがあったんです」

話していいでしょうか？　と、彼女は、甲賀さんはその表情で言っていた。純也と顔を見合わせると、純也は頷いてひとつ空いていた甲賀さんとの間にあったスツールに移ってきた。

「どうぞ、何でも言ってください。ダイさんもオレも三栖さんの身内みたいなもんです」

それは言い過ぎだが、確かにそうです、と頷いた。

「三栖さんに何かあったんですか？」

甲賀さんは唇を一度引き締めてから、口を開いた。

「三栖警部と連絡が取れなくなっているんです」

「取れなくなっている？」

そうです、と、頷いた。

「昨日の午後からずっとです」

「え、行方不明ってことですか？」

純也が訊くと、甲賀さんはまた頷いた。

「それは何か、捜査中に」

言いかけて、ふと思い出して甲賀さんの名刺を見た。

「部下とおっしゃいましたけど、三栖さんとは部署が違いますよね？」

「はい、そうなんです」

三栖警部は警視庁刑事部特命捜査対策室特命捜査第五課の係長です、と彼女は続けた。

そうだ、特命捜査というまるでフィクションの中に出てくるような単語があったのでそれだけ覚えていた。

「三栖警部の仕事は、情報の橋渡しだったんです」

「橋渡し」

「私は組織犯罪対策室企画分析課。いちばんわかりやすい説明は〈暴力団の情報収集分析〉です。現場に出る刑事のような仕事ではなく、〈事務方〉と呼ばれます。暴力団の情報収集と言っても幅広く、弓島さんに」

そこで言葉を切った。

「こういう話をするのは失礼に当たるかもしれませんが、薬物に関する情報なども集めます。むしろそれがメインかもしれません」

なるほど、と、純也と二人で頷きあった。

失礼に当たるかも、と思ったということは、三栖さんは彼女に私のことも何もかも話しているということだ。過去に恋人が覚醒剤で死んだことも、それに絡んで数年前に事件に巻き込まれたことも。それがまずいというわけじゃない。むしろ、彼女への信頼感が増した。

あの三栖さんがそれほど信用している部下なんだ。

「けれども、薬物というのは何も暴力団ばかりが絡んでいるわけではありません。一般人も、それこそ学生でさえ絡んできます。ですけど、私の部署は暴力団が対象ですからその他の部署に入ってくるその手の情報との連携が中々うまくいかない場合があるんです」

「警察って、そういうところあるよね」

純也が言った。

「三栖さん、よくグチってますよ。現場がいくらがんばっても縦社会や組織や派閥でどうにもならんことがあるって」

それはよく聞く話だ。甲賀さんも頷いた。

「お恥ずかしい話ですが、そういうことが多々あったのです。そこで、私たちの課にも所属していたし麻薬捜査官としてのキャリアもある三栖警部が、特命捜査第五課という新設された部署で、警視庁に入ってくる全ての薬物関係の情報を一元管理する役目についたんです」

「半年前に出世したって言っていたのはそれなんですね？」

そうですね、と彼女は頷いた。

「それで、課の違うあなたも三栖さんの部下ということになった」

「はい。特に私はアナリストでありコンピュータの専門職でもありますから、三栖警部と連携してお仕事をしていました」

集めた情報を分析して、それを三栖さんと確認し合って対策を練り、関係各部署に連絡を取り指示を出す。そういう流れで仕事をしていた、と説明してくれた。純也と二人でなるほどと頷いていた。わかりやすい説明だ。そして三栖さんがどんな仕事をしているか、というのもよくわかった。友人で一緒に暮らしているとはいっても、刑事の仕事を根掘り葉掘り訊いたことなどないし、もちろん守秘義務がある三栖さんは滅多に仕事の話をしない。

「合成麻薬、という言葉を聞いたことはありますか」

二人して頷いた。最近になってニュースでたまに聞く。

「今までも流通していた覚醒剤や大麻や、そういうものに加えて最近はより手軽で効果的なそういうものが出回るようになってきました。ほとんどが海外からの密輸ですが、国内で製造されているという話もあります。暴力団だけではなく、その他の何らかの組織や個人が扱っている量も多いのです」

「なるほど」

最近の三栖さんはそういうルートを探る仕事をしていた。主任とはいえデスクに座って情報が集まるのをただ待っているわけじゃない。自分の足で歩いて、ひたすらに追い求める。それが三栖さんのやり方だったと。

「長年薬物犯罪を追ってきた三栖警部の持っている情報網は、私たちには計り知れないものがあります。そして、知られてはまずいものもあると聞きます。それは警官としてあるまじき方法とかそういうものも含め、知ってしまうとその人物に危害が及ぶかもしれないから、知られたくないという意味です」

純也が思わず背筋を伸ばした。わかってはいたつもりだ。三栖さんの身の内に抱えた物の重さは。そして刑事としての三栖さんの怖さは、ひょっとしたら私がいちばんよく知っている。

「ですから、例外はありますけど、三栖警部は外に調査に出るときには基本的に常に一人で行動します。危険な場合もありますから、定時連絡は常に欠かしません。定時連絡が遅れた場合も、問題ないとか、多少問題ありだが応援の必要はないとか、こちらがきちんと把握できるような連絡方法が決められています」

「そうか」

それでわかった。

「甲賀さんが、それを全部把握しているんですね？　三栖さんが今どう動いているかを逐一」

「その通りです」

そして、その甲賀さんがこうして訪ねてきたということは。

「三栖さんからの連絡が一切途絶えていると」

こくり、と、甲賀さんが頷いた。その瞳に、何かが揺れた。

「既に三十一時間、定時の連絡は途絶えています。本来なら、緊急事態として課員が捜索に動き出す事態になっているのですが、私が、私の判断で止めています。三栖警部は突発的な事態で単独で潜入捜査に入っているが今のところ問題ないとして」

「どうしてですか？」

唇が引き締められた。私の顔を見据えた。

「一度だけ、連絡が入ったのです。およそ五時間前、午後四時半過ぎです。それは私と三栖さんの間だけで決められた特別な連絡です」

「特別？」

純也が眉間に皺を寄せた。

「とは言っても、半分冗談ではあったのですが」

「冗談？」

わけがわからないが。甲賀さんは続けた。

「仕事の話ではなく、もし、日常生活において、にっちもさっちもいかないような状況になったときに頼るのは誰か、という話をプライベートでしていたのです。そのときに三栖警部は言っていました。『俺は、ダイに頼むな』と。そうして、特別な連絡というのは」

甲賀さんが携帯電話を取り出した。操作をして、ディスプレイをこちらに向けた。

〈ダイへ〉

三栖さんからのメールには、ただ一言、そう書いてあった。

2

「これだけですか？」

そう訊いたら、甲賀さんは眉間に皺を寄せて、頷いた。

「これだけなんです」

三人でその携帯メールの文面を凝視して、しばらくの間黙ってしまった。それから三人でお互いに顔を見合わせた。

「何か、心当たりはないですか？」

甲賀さんが訊いてくるが、何もなかった。

「ないです。まったく」

そもそも三栖さんがそれほど信用というか、信頼してくれているなんて思ってもみなかった。いや、あの人が日常生活において、にっちもさっちもいかなくなることなんて想像もしていなかったからだ。

「でも、確かにさ」

純也が言う。

「そんなことが起きて、誰かに相談したいってときは、オレならダイさんに話すよ。ダイさんも三栖さんに頼むんじゃないの？」

「そうだな」

それは即答できた。確かにそうだ。そんなことを語り合うほど青臭い関係ではないけれども、三栖さんとはそういう思いを共有しているかもしれない。

甲賀さんは、もう一度携帯メールの文面を見た。

「三栖警部に何かあったのは間違いないと思います。けれども、弓島さんに何か助けを求めているのだとしても、この携帯メールには不審な点が多すぎるんです」

「不審な点?」

「そうだよね」

純也も頷いた。

「そもそも、何か捜査のことでトラブルがあったのなら、そして連絡できる状態にあるんだったらさ、まずは甲賀さんに連絡してくるんでしょ? 三栖さんは。それなのに何の説明もなしにいきなり〈ダイへ〉って。それだけしか送ってこないなんて」

「そうなのです」

甲賀さんも頷いた。

「明らかに、おかしいんです。捜査のことならば私への文面になるはずです。そして何らかの事情を説明してくれるはずです。それなのに〈ダイへ〉と、いうのは」

「ダイさんのEメール宛てに送ってくるならまだしも、甲賀さんの携帯にだもんな。ごっちゃになっちゃってるよ」

純也が言う。その通りだと思う。捜査のこと以外で、日常生活で何か問題があってそれを相談するのは私だと思っていてくれたのなら、私に連絡すればいい。それなのに甲賀さんに連絡してきた。

しかも、行方不明の真っ最中に。

「ということは」

考えられる可能性は。

「三栖さんが何らかの状況でまともに連絡できなくて、かろうじて携帯メールだけは打てた。でも、詳細は何も告げられないので、僕の名前だけ出した。いや駄目だな」

自分で言っておいてそれは違うと思った。

「ちょっと混乱してしまうな」

甲賀さんが頷いた。

「そうなんです。どう考えていいのかまったくわからなくて、悩んだ末に私もここに来てしまったんです」

「不確定要素が多すぎるんだよ」

純也が言った。

「このメール自体、三栖さんが打ったのかどうかもわからない。携帯を奪われたって事態も考えられるんだ。でもそれにしたって、三栖さんが何らかの捜査中にそんなふうになってしまったのは間違いないんだ。だからそこに、ダイさんの名前が出てくるのがおかしいんだ。ダイさんが何かの犯罪に絡んでいるはずはないんだから」

そう言ってから純也が肩を竦めた。

「前みたいにまた警察に嵌められたんなら別だけどさ」

甲賀さんが少し驚いたように頭を振って、髪の毛が揺れた。

「警察に？」

しまった。それは話していなかったのか三栖さん。

「どういうことですか？」

「それは、今は関係ないです」

昔の話です、と苦笑いしておいた。

「今ここで説明するのには長くなりますし、現在の三栖さんの状況には何の関わりもないはずですから」

甲賀さんは、ほんの少し唇を噛んで、それから頷いた。

「でも、純也」

「なに」

甲賀さんの携帯を指差した。

「そこにそうして僕の名前が出てくるってことは、単純に警察の捜査でそうなってしまったとは限らないよな」

「どういうこと？」

甲賀さんと顔を見合わせた。

「信じられないけど、まったくのプライベートで、三栖さんは失踪したってことも考えられますよね？」

「はい」

　そうか、と、純也も頷く。

「むしろダイさんの名前が出てくるってことはそっちの可能性が高いってことなんだ。三栖さんが甲賀さんに言ったように、〈日常生活でにっちもさっちもいかなくなった〉ってこと？」

「そうなのかもな」

「でも、あの三栖さんが失踪するようなプライベートなことって。しかも、ダイさんに助けを求めてくるようなトラブルって、なに」

　さっぱりわからない。何の心当たりもない。

「あの」

　甲賀さんが言い難そうにした。

「三栖警部は離婚されていると聞きましたが」

「そうです」

　元の奥さんの名前は由子《ゆうこ》さん。一人息子の名前は宏太《こうた》くん。

「もう中学三年生です」

そして、由子さんは四年前に再婚している。今の名前は吉田《よしだ》由子さんだ。旦那さんは薬剤師さんをしている。

「夫婦円満だと聞いています。今も三栖さんは宏太くんと二月に一回は会っているんですよ。そこには何の問題もないと思います」

「いや、そもそもさ」

純也だ。

「あの三栖さんがさ、プライベートなことで仕事ほっぽり出して失踪っておかしいでしょ。ありえないよ。ゼッタイに、事件に巻き込まれて身動きが取れなくなってるんだよ」

確かにそうとしか思えないのだが。

「歯がゆいな。確実なのは、三栖さんに何かあったってことだけか」

三人で頷いて、また黙り込んでしまった。

「失踪直前の状況というのは、どうだったんですか？」

「何もわかりません。通常業務に就《つ》いていて、一人で昼食に出掛けてそのまま消えたというだけです」

「どこに昼食を食べに行ったかもわからないんですね」

「残念ながら」

本当に悔《くや》しそうに、甲賀さんが頷いた。

「このままだとどうなるの？　いくら甲賀さんの判断で止めているったって限界があるんじゃない？」

「はい」

唇を噛んだ。

「明日のうちにさらに連絡が入らなければ、それはつまり三栖警部自身からの連絡と判断されるものが入らなければ、私は上司に報告しなければなりません。何よりも三栖警部の命にも関わりますから。ただ」

「ただ？」

「もし、三栖警部が捜査上で何らかのトラブルに巻き込まれたとしてもあの人のことです。絶対に、何らかの形で自分が窮地に陥《おちい》ったことをしっかりと伝えてくる手筈を整えているはずなんです」

あの人は、そういう人ですって言った。

「表現は悪いですが、悪党に出し抜かれたまま命を落とすような人ではありません。おそらく日常生活の三栖警部しか知らないお二人には理解できないかもしれませんが、三栖警部は恐ろしい程、用意周到な人です。もし自分の命が絶たれるような事態に陥っていたとしたら、道連れに全員を殺すほどの手段を整えているはずです。もちろん確実に私たちに連絡が届く手立ても講じておくはずです。そういう人なんです。私は」

一度言葉を切った。

「表現が悪くて申し訳ありませんが、あの人の悪魔のような狡猾《こうかつ》さに、何度背筋が凍るような思いをしたかわかりません」

そんなに。純也と二人で顔を見合わせてしまった。

「まぁでも、わかるよな」

純也が言う。

「あの人がマジになったらゼッタイに敵《かな》わないって、昔っから感じてたもん」

「そうだな」

どんなに親しくなっても底知れないものを抱えている。それは以前から感じていた。刑事という職業がそうさせるんだと思ってはいたから、そう聞いても特に驚きはしないけれども、同僚にそこまで言わせるのは相当なものなんだろう。

甲賀さんが続けた。

「だから、どうしても気になるんです。この〈ダイへ〉という文面が。これは、〈ダイに任せろ〉という三栖さんの意思表示。そしてこれが解決するまで、少なくとも弓島さんが三栖さんと顔を合わせるまでは、自分を自由な立場に置いとけという私への伝言なのではないかと」

「そうか」

純也が言う。

「上にはうまく言っておいてくれ、っていうかむしろ警察が動くと拙《まず》いから止めておいてくれっていう甲賀さんへの頼みと同時に、ダイさんへのメッセージか。なんとかしてくれっていう」

「そうなのではないかと」

それは確かに考えられる。頷くと、甲賀さんはそれにしても、と続けた。

「このメッセージの短さに疑問は残るのですが。何故もう少しきちんと説明してくれないのかと」

その通りだ。

「その疑問は置いておくとして、仮に甲賀さんへの頼みだとしてどれだけの間、上司に報告しないで済ませられるんですか？」

「いくらでも」

いくらでも？

「私が三栖警部からの連絡のメールを偽造すればいいだけの話です。潜入捜査には時間が掛かります。ドラマや漫画にあるでしょうけど、半年や一年組織に潜入したままということは、現実でもあるのです。三栖さんが潜入捜査をそこまでやった記録はありませんし、そこまでのものだと実際問題、相当上までの決裁を仰がなければなりませんが、一週間や十日やそこら、姿を見せなくても誰も何も言いません。私が把握していると報告している限りは」

「それなりに時間はあるってことか」

純也が煙草に火を点《つ》けた。それで気づいた。甲賀さんが店に入ってきてからけっこうな時間が経《た》っていた。

「すみません、ちょっと行灯《あんどん》をしまってきます」

閉店準備をするのを忘れていた。

「純也、お前仕事はいいのか？」

「帰れるはずないじゃん。こんな話聞いて。最後まで付き合うよ」

それはそうだ。


行灯を店の玄関にしまった。コーヒーを淹れ直して、整理することにした。

「お腹は空いていませんか？」

大丈夫です。ご迷惑をお掛けして済みませんと甲賀さんは頭を下げる。迷惑なはずはないけれど、きっと甲賀さんはすごく真面目な人なんだ。本来なら自分だけで解決しなきゃならないはずなのに、私たち一般人に相談しなきゃならないことを申し訳なく思っている。それと同時に後悔もしている。

そんな眼をしていた。

「さっき純也が言った、警察が動くと拙いから止めておいてくれっていう甲賀さんへの頼みと同時に、僕に動いてくれっていうメッセージっていうのがいちばんしっくり来る形ですね」

甲賀さんがこくんと頷いた。

「でも、弓島さんには何の心当たりもないのですよね」

「まったく」

ずっと考えてはいるけれども、三栖さんが抱え込んだトラブルに心当たりなんかまるでない。

「しかもさ、警察が動くと拙いっていうおまけ付きでしょ？　どう考えても、何かの事件に発展するかもしれないってことじゃん。あるいは、三栖さんか関係者の命が危なくなるような事態になるってこと」

「そうかもな」

ますます、わからない。三栖さんは私にどう動けというのか。

「申し訳ありません」

甲賀さんがまた謝った。

「本当に、弓島さんたちにお任せするしかないんです。私では、捜査などしたこともない事務方の私ではいくら考えても、どんなに過去のデータベースを当たってもどこにも辿り着けなくて」

悔しそうな、悲しそうな色を湛《たた》えた瞳《ひとみ》。ただの部下じゃないんだろうなと感じていた。この人と、甲賀さんと三栖さんは何かを共有している。

恋愛感情か、それではないにしろ、何か大事な思いをお互いに抱えながら今まで仕事をしてきたんだ。

「それでも」

動くとしたらその方向性しかないというのは、ある。そう言うと、二人とも少し驚いたふうに眼を大きくさせた。

「何さ。何かあったたっけ?」

「お前も、よく知ってる件だ」

まさか、と、純也は言う。

「夏乃《なつの》の件だ」

死んでしまった、恋人。

「あれはもう終わった話じゃん」

「それともうひとつ、あゆみちゃんの件」

それも終わったって純也は憮然とした表情を見せる。甲賀さんは何のことかわからずに、少し眉を顰めた。

「確かに終わった話だけど、三栖さんが僕に何らかの解決を託して、そして警察も絡んでくる問題といえばそれしかない」

「まぁ確かにそうかもしれないけど」

「それは」

甲賀さんが言った。

「先ほどの、弓島さんが私たちに嵌められたという話に通じるものなんでしょうか」

「そうです」

隠しておいてもしょうがない。もしその方向性で動くのなら、甲賀さんに全部説明しておかなきゃならない。

「三栖さんと出会ったのは、いちばん最初は容疑者と刑事としてだったんですよ」

甲賀さんが驚いた顔をした。

「夏乃という、恋人の死からでした」

もう十何年も経っている。そのことを話しても胸が痛むわけじゃない。悔いはいつまでも消えないだろうけど、過去にあった出来事として冷静に話すことはできる。

「彼女は、高校の先輩だった橋爪《はしづめ》という男を通じて手に入れた薬物で死んでしまったんです」

そして私が犯人だとされ、逮捕された。それはもちろん誤認逮捕で、それから私と三栖さんは友人関係になった。実は高校の頃から薬物を扱って一般人に売り歩いていた橋爪が逮捕されて事件は終わった。

再びその事件が私に関わってきたのは、橋爪が出所した九年ほど前の話だ。

「それが、近所の子供が僕に依頼してきた、行方不明になったお姉さんを捜してほしいという事件に結びつきました」

それも薬物絡みだった。三栖さんも巻き込んで、純也や丹下さんも含んでたくさんの仲間に助けられて、最終的には全員が無事で何事もなかったのだけど。

最後に、三栖さんが、自分の上司である警察の人間が、薬物のルートを壊滅させるために私と橋爪を陥れて利用しようとした。つまり私を嵌めたのだという結論を教えてくれた。それについてはどうしようもないと、深い溜息を押し殺してその事件は終わったのだ。

聞き終えて、甲賀さんは一度眼を閉じ、それから小さく息を吐いた。私を見た。

「ようやく、理解できました。弓島さんと三栖警部の結びつきが」

「まぁいろいろあったよね」

純也に言われて、苦笑いするしかない。四十年近くも生きていれば確かにいろんなことがあるだろうが、こんな経験をした男はそうもいないだろう。

「改めて、お詫《わ》びいたします」

甲賀さんが立ち上がって、深々と頭を下げた。

「いや、そんなことは」

「いいえ」

甲賀さんが頭を下げたまま、強く言った。ゆっくりと頭を上げて私を見た。

「心当たりがあります。間違いなく弓島さんは私たちの、警察の誤った捜査方針の被害者です。謝って済むことではありませんが、本当に申し訳ありません」

頷くしかなかった。

「いいんだって甲賀さん。皆無事で、しかもけっこうおもしろかったんだからさ。いまだにさ、酒飲んだらそのときの話で盛り上がるんだよ。ねぇダイさん」

「そうだな」

不謹慎だけど、その通りだ。苦笑いすると甲賀さんも少し表情を緩めてくれた。

「それでは」

甲賀さんが座り直して言う。

「弓島さんの言う、方向性というのは」

それしかないような気がする。

「甲賀さんもいちばん最初に言ったように、クスリを扱うのは暴力団だけではない。橋爪という男がそうだったように、学生や一般人の間にも簡単に広がっているのは昔も今も変わらないはず。どこかで、三栖さんと僕の間に再び薬物を巡って何かが起きているのかもしれない。そしてそれは、理由がまったくわからないけど、三栖さんの刑事としての立場ではどうしようもないものなのかもしれない」

そして、私が動くしかないのかもしれない。

「でも、全然雲を摑《つか》むような話じゃん。そもそも薬物が絡んだものを三栖さんがダイさんに解決してくれって言うはずないじゃん」

「それはそうだがな」

「仮にそうだとしても、ダイさんがどうやって動くっていうの？　何の手掛かりもないじゃん」

純也の言う通りなのだが、考えられるのはそれしかない。

そのときに、クロスケが動いた。閉店したのでさっきからずっとカウンターの上に寝そべっていたのだけど、頭を急に上げて入口の方を見た。その動きに、人間たちも思わず入口の方を見た。

「誰か来た？」

純也が言う。閉店しても店に明りがついていたら、常連の誰かが顔を出すことはたまにあるが。

暗い入口に影が立った。中を覗《のぞ》き込んでいる。スーツ姿の男だというのはわかる。一瞬、三栖さんかと思ったがすぐにシルエットが違うことに気づいた。髪形もまるで違う。中を覗き込んでいる。誰だろうと思いながら、立ち上がって入口まで歩いた。

店の明りに照らされているのは、七三分けのサラリーマン風の男性。銀縁の眼鏡が外灯の光を弾いている。

まったく見知らぬ顔。鍵を開けて、扉を開いた。

「済みません、閉店したんですよ」

男は、ほんの少し微笑んだ。頬のこけた、痩《や》せ形の男。手ぶらだ。鞄も何も持っていない。

「残念。ちょっとコーヒーを飲みたかったのだけど」

普段ならそう言われたら、では一杯飲む時間だけどうぞと言うところだが、今日は無理だ。申し訳ないです、と繰り返した。

「また明日も営業しています。よろしければ来てください」

男性は軽く頷く。そして、しまった行灯に眼を落とした。

「〈弓島珈琲〉って、君が弓島さん？」

何気ないふうに訊く。

「そうです」

「申し訳ないけど、置き煙草あったら、セブンスターを貰《もら》えないかな。切らしちゃってね」

駅前通りに出ればコンビニがありますよ、という台詞《せりふ》が浮かんだが、すぐに思い直して、ありますよ、と頷いた。そのままカウンターまで戻って置いてあるセブンスターを一箱取り、純也や甲賀さんの視線を背中に受けて戻った。

「はい、どうぞ」

「悪いね」

硬貨を親指と人差し指で挟んで持ち上げるようにしているので、その下に手のひらを広げた。男性は硬貨を落とし、チャリン、と百円玉がぶつかる音がする。さらに思いついたようにして、胸ポケットから名刺を一枚取り出してその上に置いた。気づくとクロスケがすぐ足元にまで来ていた。それを見下ろして、男性は少し微笑んだ。

「また、来るから」

「はい」

くるりと踵《きびす》を返して、立ち去っていく。足取りは、軽い。そのまま中通りの闇の中に溶けていった。首を捻《ひね》りながら扉を閉めて、鍵を掛けた。

いちいち、引っ掛かる動きをする男性だった。

「何者？」

純也が言う。

「わからない」

名刺を見た。

〈松木孝輔《まつきこうすけ》〉

その名前の他には携帯の電話番号しか書いていなかった。純也が覗き込む。

「名前だけかよ」

「うん」

「おかしな奴だね」

まったくだ。

「煙草を売ってくれって言ったの？」

「そうなんだ。切らしたからあったら売ってくれって」

奇妙な男性だった。お金の渡し方といい、煙草だけ買っていくことといい。

「まぁ変な客はいるけどね」

お金を煙草銭の箱に入れて、名刺をカウンターに置いた。クロスケがしなやかな動きでまたカウンターの上に上ってきた。

「どこまで話したっけ」

純也が言う。頷きながら煙草に火を点けて、煙を吐き、甲賀さんを見た。

甲賀さんの視線が、一点に集中していた。眉間に皺が寄っている。

「どうしました？」

何を見ているのかと思ったら、さっきの男性の名刺だ。

「それ、先ほどの男性が置いていったのですか？」

「そうなんです。煙草のお金と一緒に、また来るからと手のひらに置いていきました」

また来るからと言って名刺を置いていく人は、皆無じゃないけれど、そうはいない。

「見せてもらってよろしいですか？」

「どうぞ？」

甲賀さんの前まで名刺を滑《すべ》らせた。甲賀さんは手に取らないで、顔だけ近づけた。かっきり三秒、凝視して顔を上げた。

「まったく見たことない男性ですか？」

「そうです」

「間違いありませんか？　純也さんもそうですか？」

口調に何か切迫したものがあって、二人で顔を見合わせた。

「はっきり見てなかったから、オレはわからないけど、声は聞こえたけど少なくとも知った声じゃなかったよ」

「どうしました？　知った名前ですか？」

甲賀さんが、ゆっくり頷いた。

「確認してみなければ、確定はできませんが、この〈松木孝輔〉という名前の、暴力団の組長がいます」

「くみちょう？」

純也が大きな声を上げる。

「小さな組です。私はデータベースでしか知りませんが、まだ若かったはずです。確か、四十代前半です。細身の七三分けじゃありませんでしたか？」

「その通りです」

サラリーマンのようだった。三人で顔を見合わせてしまった。

「ちょっとオレ、見てくる！」

止める間もなく、純也が店を飛び出していった。

「危険です！」

甲賀さんが慌てたように言う。

「小さな組とは言っても、いわゆる武闘派の組です！　止めないと」

「いや」

間に合わない。もうその姿が見えない。純也の素早さには誰も敵わない。

「それに、あいつもバカじゃありません。ただまだ姿が見られるかどうか確認しに行っただけでしょう。万が一の場合でも、あいつなら、心配いりません」

「何故ですか」

「あれで、格闘技に精通しています」

めんどくさいと言って段こそ持っていないが、空手や柔道の相当な有段者にも勝つ。暇《ひま》なときにはボクシングのジムにも通って、そこのコーチに熱心に世界を目指そうと誘われた。腕に覚えのある苅田さんも丹下さんも今では純也に敵わないと言ってる。

「すぐ戻ってきますよ」

それでも心配そうに甲賀さんは扉の向こうを眺めていた。

「武闘派とか、たまにドラマでも聞きますけど、そういう分類がやはりあるんですか？」

「あります」

座り直して、頷いた。

「もちろん自分たちでそう名乗っているわけではありません。あくまでも私たち側の分類です。もっとも小さな組は自然とそうなってしまう場合が多いのですが」

「自然と？」

「大きな組から盃《さかずき》を貰って兄弟分として、先頭に立って動くんです。当然それは縄張り争いとか小競《ぜ》り合いとか、そういうものに使われます」

なるほど。

「それで、荒っぽくならざるを得ないんですね」

「そういうことです」

煙草を吹かした。そこに、純也が息も切らさないで軽やかな足取りで戻ってきた。

「ダメだった。もうどこにもいなかったよ」

悔しそうにまたスツールに座って、水を飲んだ。

「戻ってから、資料を当たってみます」

甲賀さんが言った。

「でも、たぶん間違いないです。この名前でした」

純也が名刺に手を伸ばしかけたのを、甲賀さんが止めた。

「済みません。触《さわ》らないでください。この名刺、お預かりしていいですか？」

訊くので、すぐにわかった。

「指紋ですね？」

「そうです。データには彼の指紋があります。間違いなくついているでしょうから、照合してみます」

純也も頷いて、それから軽く笑った。

「ちょうどいいよね。ダイさんの指紋もデータにあるだろうし」

「情けないことに」

三栖さんも言っていた。前科はないくせにお前の指紋はしっかりデータに残っていると。三人でもう一度、カウンターの上の名刺を覗き込んだ。

「この携帯の番号に電話、かけてみる？」

純也が言ったが、それはさすがにやめておいた。

「もし、本当にその暴力団の組長ってんなら、偶然かな」

純也が言うと、甲賀さんが首を捻り、私も頷いた。

「どうなんだろう。わからないけど、そうは思えないな」

三栖さんが行方不明になって、甲賀さんがやってきて、そして暴力団の組長がおかしな時間に現れた。

「単に偶然で、ふらっと喫茶店に寄るような時間じゃないだろう。ただでさえここはふらりと来られる場所じゃない」

この時間にはほとんど人通りもなくなる。

「もし、本当に単なる偶然なら。この〈松木孝輔〉さんはプライベートでこの辺に知り合いがいるとか、自宅が近いとかなんだろうな」

「そうだね」

「だとすると」

甲賀さんが言う。

「もし偶然ではなく、何か目的があって〈松木孝輔〉が現れたのなら、三栖警部の失踪にこの男が絡んでいるということでしょうか」

わからない。わからないけど。

「タイミングが良すぎますよね」

三人で頷いてしまった。

「考えてもわからない。甲賀さん済みませんが、明日の朝一で確認してもらえますか」

「わかりました。顔写真もデータベースにありますからコピーして持ってきます」

「いいんですか？」

大きく頷いた。

「三栖警部がよく言ってました。〈毒を食らわば皿まで〉です。ここに来て弓島さんにお話をすると決めたときから覚悟をしてました。ご協力いただけるのなら、私はなんでもすると」

唇を、引き締めた。その瞳に、何かが揺れる。

甲賀さんは三栖さんを心底信頼している。そして、死ぬほど心配している。それが私にも純也にも、痛いほど伝わってくる。もし、もしも三栖さんが無事に戻ってきたのなら甲賀さんとの関係を絶対に問い詰めてやる。

「これから、どうしようダイさん」

純也が言う。残念ながらできることはほとんどない。

「この組長さんの件はとりあえず明日確認できるまで保留しておきましょう。甲賀さんは、もしまた三栖さんから連絡が入ったら、夜中でも朝方でもいいですから僕に連絡をください」

「わかりました」

真剣な表情の甲賀さんの眼を真っ直ぐに見て言う。

「心配でしょうけど、きちんと睡眠を取ってください。三栖さんにも以前に言われたことがあります。緊急事態が起きたときこそ、眠れるときにはしっかり眠って体力と精神力を維持しなきゃならないと」

少し眼を大きくさせて、それから甲賀さんは微笑んで頷いた。

「オレは？　なんかできないかな」

時計を見た。まだ十時半過ぎ。

「宏太くんのEメールアドレスとか知ってたよな」

「知ってるよ」

「たとえば、ゲームのシナリオで刑事の日常生活の資料が欲しいとか、理由をでっち上げて宏太くんに訊いてみてくれないか。三栖さんと一緒に出掛けた場所とか、あるいはプライベートで家族しか知らないこととか。とにかく今は三栖さんについての情報を集めないことには、どうしようもない」

「そっか、そうだね」

甲賀さんを見た。

「僕は、明日の朝にでも元奥さんの由子さんに電話してみます。三栖さんが帰ってこないけど何か聞いてないかと。以前にもそういうことを二、三度していますし、彼女と僕はそういう話ができる程度の仲です。不審に思われることはありません」

「ありがとうございます」

甲賀さんが、頭を軽く下げる。

「あとは、何か動けるとしたら、彼に訊いてみるしかないだろうな」

「彼って？」

橋爪。橋爪道雄《みちお》。彼しかいない。そう言うと、純也は首を捻った。

「薬物関係ってラインで？」

「そうだ」

「あの人だってさ、今はただの一般人じゃん。まさか四十過ぎていくら何でももうバカなことしないでしょ」

「してはいないだろうさ。あの人の覚悟は、もう充分理解している。昔のようなバカな真似はしない。けれども、少なくとも何年間かは学生の身分でありながら暴力団の向こうを張って薬物を取り扱った経験を持つ人間だ」

「アドバイスを貰うの？　どんな事態が考えられるのか」

「それもそうだけど、橋爪さんだって三栖さんとはそれなりに親しいんだ。しかも逮捕した側とされた側だ。僕たちの知らない三栖さんの何かを知ってるかもしれない」

「まぁ、そうか」

昔の嫌なことを思い出させるかもしれないけど。

「専門家である甲賀さんを眼の前にして、一般人にアドバイスを貰うというのはおかしな話かもしれませんが、少なくとも橋爪さんは三栖さんと僕たちを巡る人間関係にあなたよりも詳しいのです。あの事件からずっと僕たちに関わってきてます。甲賀さんに見えないものが、見えるかもしれません」

「今は何をなされているんでしょう」

甲賀さんが訊く。

「橋爪さんは、福祉施設で働いています」

純也も頷いた。

「三栖さんも認めているんだよ。きちんと社会復帰してるって。それも、相当にキツイ状況で。そういう意味じゃスゴイ男だって」

確かにそう思う。刑務所では模範囚で過ごした。そして、今は償《つぐな》いの日々を過ごしている。それでも甲賀さんの表情は硬かった。そうだろうと思う。三栖さんの今置かれている状況はおいそれと誰かに話せるものじゃない。ましてや橋爪さんは元薬物関係の犯罪者だ。前科者だ。

「甲賀さん。橋爪さんは、信用できます。先ほどの話に出た、夏乃の父親であり、僕の上司でもあった吉村武彦《よしむらたけひこ》さんですが」

橋爪を殺してやると言っていた吉村さん。あゆみちゃんの事件が解決した後も、その気持ちは消えなかった。

でも。

「奥さんである真知子《まちこ》さんが、認知症になってしまったのです」

「え？」

その事件のすぐ後だ。吉村さんは献身的に奥さんを介護していた。

「それでも、一年ほどで男手ひとつでは限界が来るほどに、認知症が進んでしまいました。吉村さんは致し方なく、奥さんを施設に預けることにしたんですが、そこに橋爪さんが来たんです」

「橋爪さんが？」

「彼は、介護福祉士の資格を取って吉村さんの前に現れたんです。そして、奥さんの介護をさせてほしいと頼んだんです。吉村さんに、土下座して」

甲賀さんの眼が少し大きくなった。

「当然、吉村さんは拒否しました。自分の娘を死に至らしめた男に、殺そうと決意した男に、自分の妻の介護などさせられるかと。二度と眼の前に現れるなと。それでも、橋爪さんは諦《あきら》めなかったんです。もし、奥さんにその日が訪れたのなら自分は殺されてもいいと。その日まで、罪滅ぼしをさせてほしいと。自分に奥さんの世話をさせてほしいと」

「では」

甲賀さんが言った。

「そのときにはすでに、吉村さんの奥さんは」

「はい」

わからなくなっていた。橋爪が自分の娘を死に至らしめたあの男だとは。

「何度も、何度も橋爪さんは吉村さんの家を訪れて頼み込みました。自分が生きる道はもうこれしかないんだと。許されなくても、一生自分がやった罪を抱えて生き続けて懺《ざん》悔《げ》する道を歩いて行くしかないんだと」

「修行僧みたいだよね、橋爪さん」

純也も、小さく頷きながら言った。

「何かを悟ったっていうか、覚悟をした人間ってこういうものなんだなぁって思ったもの」

その通りだ。

「僕にしても、彼は恋人を死に至らしめた男です。それでも、今の彼を知っている今となってはそのことで彼を責める気にはなれません。そういう気持ちがあったとしても、それを抱えたまま前を向いて歩くしかないと思っています。そして橋爪さんは、吉村さんに許されて福祉施設で働き始めたときに僕にも言いました」

「何てですか」

「自分に出来ることなら、人を殺す以外なら、何でもすると」

罪滅ぼしとは言わなかった。ただ、自分に出来ることなら、何でもするから、言ってほしいと。

3

〈弓島珈琲〉は十時開店だけど、丹下さんは八時半にはやってくる。この店の名物でもあるミートソースの仕込みをするためにだ。とにかく丹下さんの作るミートソースは絶品だ。上品じゃない。庶民的というか、おふくろの味みたいな感じで何度食べても飽きない。

ニンニクとタマネギとホールトマトとケチャップとひき肉、それにブイヨンに無塩バターにいくつかの香辛料を混ぜ合わせてじっくり煮込むだけ。

レシピは簡単だし分量もわかっているからたまに自分でも作ってみるのだけど、どうしても丹下さんの味が出せない。丹下さんに言わせると煮込むときの攪拌《かくはん》のさせ方と、前の日の残りのソースを混ぜる分量とタイミングにあるそうなんだ。

そう、前の日に残ったソースは捨てないで一度冷凍させて、それを新しいソースに混ぜる。なんだか何十年もつぎ足しながら作る秘伝のタレみたいな話になってしまうけど、実際前の日に作って残ったソースを必ず丹下さんは混ぜるので、美味しい味の秘密はそんなところにあるのかもしれない。

三栖さんが失踪していることを、丹下さんや他の人、つまり純也も含めた以前の事件に関わった人たちに話すことは甲賀さんにも了承を取った。絶対に外部には漏れないというのがわかっているからだ。

甲賀さんは仕事が終わり次第今日も来ると言っていた。ここで話し合う以上は丹下さんにも全部説明しておかないとどうしようもないし。

丹下さん以外には絶対に持ち上げられない、ミートソースが詰まった大きな寸胴《ずんどう》鍋を、どっせい！　と声を上げて持ち上げ、ガス台の上を奥に移動させる。充分に混ぜ終わったので、しばらく弱火で煮込むためだ。

力強さは変わらない。でも、やっぱりここのところは持ち上げる勢いがない。そろそろ小分けで仕込むことを考えた方がいいのかもしれない。

クロスケはまだお客さんが来ないことを知ってるから、カウンターに座ってじっとその作業を見ている。猫にはミートソースは食べさせられないけれど、大人しくしていれば丹下さんが一息ついたらおやつを貰えるのがわかっているんだ。

「しかしまぁ」

昨日、甲賀さんが訪れてからのことを説明し終わると、カウンターのスツールに座った私の方に向き直って、腰に手を当てて丹下さんは溜息をつく。

「ダイちゃん」

「なに」

「あんたはよっくよくそういう星の下に生まれついたんだね。なんでまぁそうトラブルに巻き込まれるものなんだか」

「好きで巻き込まれているわけじゃないけどね」

当たり前だよって言う。

「好きでやってんならさっさと商売替えしてここを探偵事務所にでもしちまえばいいんだよ。〈弓島探偵事務所〉ってね。おあつらえ向きに刑事も住んでますってさ」

「確かに」

笑った。その方がひょっとしたら儲《もう》かるかもしれない。丹下さんはさっき自分のために落としたコーヒーを、くいっと飲んだ。マグカップも丹下さんが持つとデミタスカップみたいに見える。

「でも、心配だね。三栖の旦那は」

「そうなんだ」

「まぁあの旦那のことだから死にはしないと思うけどさ。ああいう男はゴキブリ並にしぶといからさ」

甲賀さんは三栖さんのことを悪魔のように狡猾だって言ってたし、丹下さんはゴキブリだ。ひどい言われようだけど、まぁ大体はあってるとは思う。

丹下さんは大きく息を吐いて天井を見上げて何かを少し考えていた。それから、うん、と頷いた。そろそろくれるんじゃないかとにゃあにゃあ鳴くクロスケに、丹下さんはカウンターの後ろの棚から煮干しを出して、三本あげた。

うにゃうにゃ言いながらクロスケが一生懸命食べる。他の猫は知らないけれど、クロスケはよく食べながら何か言ってる。ときどき〈うまいうまい〉って聞こえるんだけどね。

「よーし、理解したよ。しかし今回ばかりは三栖の旦那もピンチかもしれないね」

「そうならないように願っているけど」

もし、またあのときのようなことになっても、と、丹下さんは続けた。あのとき、というのはあゆみちゃんを助けた日のことだろう。

「苅田の旦那はあてにできないね」

「そうだね」

まだ入院中の苅田さん。元気でいてくれればいろんなトラブルにも精通していてとても頼りになる存在だったのだけど。

「それで？　とりあえずはどうするんだい」

「何もわからないので、動きようもないからね。とりあえずは情報が集まってくるのを待つよ」

純也には三栖さんの息子の宏太くんからEメールが届いているはずだ。甲賀さんもいろいろと資料を揃えてくれているはず。甲賀さんが店に来たら、純也はすぐにやってくる。もっともあいつはすぐそこにいるんだから、一日に何度も顔を出すんだけど。

「もちろん、甲賀さんのところに三栖さんから何か連絡が入れば、すぐに店に電話が来る」

「この際だから、ダイちゃんも携帯電話を買ったらどうだい？」

「考えなきゃならないかも、だね」

それから、もう一人。

「橋爪さんも仕事が終わり次第、来てくれるって。電話で説明したら、自分にも何か手伝えることがあるかもしれないって言ってくれた」

丹下さんが、こくんと頷いた。そして渋い表情を見せた。今も丹下さんは橋爪さんのことをどう扱っていいか悩んでいるって言っている。実際、何度か店にコーヒーを飲みには来ているんだけど、自分から話しかけようとはしない。そのことを我ながら了見が狭いって言ってるけど、それはまぁしょうがないと思う。

「仕事は大丈夫なのかね。ああいう施設は二十四時間だろうに」

「あの施設はとてもしっかりしていて、シフト制が整っているらしいね。吉村さんも言っていたけど今のところ東京でも一、二を争う素晴らしい施設じゃないかってさ。入居している人にも、働いている人にとってもいい環境だってさ」

「そうかい」

ふぅ、と息を吐いて丹下さんは言う。

「あたしの旦那もね」

「うん」

丹下さんの旦那さん。今は全ての仕事を引退して、年金暮らしのじじいだと自分で言っている。近くの畑を借りて野菜を作って、自給自足を目指しているとか。

「ここんとこ急に老け込んできてさ。物忘れが激しくなってきたんだよ」

「本当に？」

「まぁまだボケとかそこまでいかないよ。単に年取って頭の回転が鈍くなってきたってことさ。でもね、あたしもねダイちゃん」

「うん」

「近々、ここを引退してさ、旦那の世話をするだけのときが来るかもしれないなぁって思ってるのさ」

ダイちゃんも覚悟をしておいてよって言う。

「できればずっといてほしいけど、それはもちろん考えてはいるよ」

丹下さんだってあと数年で七十だ。とてもそんな年に見えないとは言っても、この店の手伝いができなくなるときは来る。

「あたしの後釜は決めてるから」

「誰？」

決まってるじゃないかってまた笑う。

「あゆみちゃんだよ」

今度は私が息を吐いた。

「丹下さん」

「はいよ」

何度も言ってるんだけど。

「そうやってあゆみちゃんを焚《た》きつけるから、あの子が僕以外に、外に目を向けようとしないんだよ。わかってるだろうけど僕は来年四十だよ？」

「うるさいよ若造。あたしゃ六十七だよ。年が離れていようがなんだろうが、人が心に思うことを止められるはずないじゃないか。あの子はね、心底ダイちゃんに惚れているんだからね。何と言われようとあたしはあゆみちゃんの味方だよ。むしろね、あゆみちゃんが素っ裸になってダイちゃんの部屋に飛び込もうとするのを止めてる方なんだからね。もう少し待てってって」

「そんなはしたないことを彼女はしないでしょうに」

「それほどの気持ちってことさ。あんたはほんっとうに善人だけどさぁ、ダイちゃん。まったく朴念仁というかさぁ。普通の中年男は女子大生に言い寄られたらイッパツで参るもんなんだよ？」

まぁそうかもしれないけど。

「中学生の頃から、彼女を見てきたんだよ」

あの夜に、プレハブの二階から救い出した中学生の女の子。父親が犯罪に手を染めていた女の子。それが発覚してから家庭は崩れていって、両親は離婚して、母親と妹のみいなちゃんと一緒に母方の実家に身を寄せて。

もちろんお母さんががんばったのだけど、彼女だっていろいろと苦労したんだ。小さな妹が心を痛めないようにずっといいお姉さんをやってきた。それをずっと見守ってきたんだ。ここの皆と、誕生日にはケーキを焼いて、雛《ひな》祭りに店に呼んで、卒業や入学のときにはお祝いをして。

その成長を見守ってきた。気分はほとんど父親だ。それは言い過ぎか。まぁ親戚のおじさんぐらいか。

「その子が大学生になったからって、好きだと言ってくれたって、はいそうですかとは言えないでしょう」

「まったくめんどくさい男だよ」

丹下さんが肩を竦める。

「そんな話より、三栖さんだよ」

おっとそうだったね、と丹下さんも頷く。

「何にしてもさ、いつ必要になるかわかんないんだから携帯買っといで。それぐらいのお金はあるだろ」

「まぁなんとか」

「ほら、あのときはさ。まだ携帯なんかなくて、連絡取りあうのに随分と苦労したじゃないか」

そうだった。たぶん人生でいちばん多く公衆電話に駆け込んでいた。それが今では誰もが携帯電話を持つ時代になってしまった。まだ十年も前じゃないのに隔世の感がある。

「店は開けとくからさ」

そうするか。大変なことになっているのかもしれない三栖さんには失礼だけど、いい機会かもしれない。

メカに弱いわけじゃないけれど、必要ないと思っていたから各社から出ている携帯電話で何がいいのかよくわからなかった。それでも電化製品は常に最新のものを買っておけばいいという基準が自分の中にあるので、そうしておいた。手続きに少し時間が掛かるそうなので、近所だしまた後で顔を出すことにして店に戻る。

さほどというか、ほとんど儲かっていない店ではあるけれども、昼には近くで働くサラリーマンたちで一杯にはなる。皆、丹下さんの作るミートソースが大好きなんだ。一応他にもスパゲティのメニューはあるのだけど、昼時に出るのはほとんどミートソースだ。

十一時過ぎには戻ったのだけど、もう店にはミートソースの匂いが漂っていた。テーブル席に二組のお客さん。クロスケは自分の席で座って寝ている。

「注文は？」

「大丈夫。もう済んでるよ。後は食後のコーヒーだけ」

「了解」

カウンターに入って腰に黒の長いエプロンを締める。カウンターに並んでいる四つのサイフォンのガスの火を最大にしていって、そこにお湯を流し込んでいく。

毎日の、仕事。ランチにセットになっているコーヒーを一杯ずつ落としていては間に合わない。昼休みが短い人は一緒に出してほしいと言う人もいる。こうしていっぺんに落として、すぐ出せるようにしておくんだ。落としたてよりは味が少し落ちてしまうけどそこはしょうがない。

「いらっしゃいませ」

十一時半を過ぎる頃になると、続々とお客さんが入ってくる。ほとんどが昼休みの馴染みの顔なので、焦《あせ》ることはない。丹下さんと二人でやっていることは皆が承知しているので、それぞれがわざわざ注文をカウンターまで言いに来てくれるし、お冷やも自分たちで持って行ってくれる。

十二時を過ぎていよいよ小さな店がフル回転しているときに、あゆみちゃんが姿を見せた。

「いらっしゃい」

平日のこんな時間にやってくるのは珍しい。そして生憎《あいにく》と満席だった。あゆみちゃんはわかってますというふうに小さく頷いて、そのままカウンターの入口の方に回ってきた。

「お手伝いします」

「いいのかい？」

丹下さんが訊くとにっこり笑った。

「この時間だから、そのつもりで来たんです」

今まで何度も手伝ってもらっている。あゆみちゃんは壁に掛かっている店のエプロンを手に取ってつけて、ホールに回った。さっきまであゆみちゃんの話をしていたのだから、丹下さんと顔を見合わせてお互いに苦笑した。

彼女が、慣れた手つきでウォーターポットを手に、お冷やを入れにテーブルを回っている。空いた皿を下げてくる。

「大学は休講かい」

丹下さんが訊くと、微笑んで小さく頷いた。

お昼の混雑はだいたい一時半を過ぎると収まる。本当にあっという間に人がいなくなり、今度は近所に住む常連の奥さんやご老人たちが、のんびりとコーヒーや少し遅めのお昼を食べにやってくる。儲からない店とはいっても、丹下さんの給料を支払ったり、自分で気に入った本やCD、店に出るためのこざっぱりとしたシャツを買い揃《そろ》えられるぐらいには、お客さんが来てくれる。

二時近くになり、ようやく店の中にのんびりとした空気が流れ始めて、カウンターにお客さんがいなくなったところで訊いた。

「あゆみちゃん、お昼食べてないんだろう?」

小さく、笑みを見せた。この子の笑顔はいつも少し困ったような顔に見える。少し下がり気味の眉毛のせいなのかな。

「ダイちゃんと一緒に座って食べちゃいな。今、ミート作るから」

有無を言わさず、丹下さんがソースを温め始める。スツールに腰掛けると、少し遠慮を見せながらあゆみちゃんが隣りに座った。

「残り物だけど」

手を伸ばして、サイフォンに残っていたコーヒーをカップに注いで、あゆみちゃんの前に置く。もちろん、あまりものだからサービスだ。

こうやってときどきあゆみちゃんは店の手伝いもしてくれるけれど、バイト代を決して受け取ろうとしない。せめて飲み食いは自由にしてもらっている。自分用のマグカップにも注いで、一口飲んでから煙草に火を点けた。毎日のこととはいえ、昼を過ぎるとほっとする。これから夜までの間は、かなりのんびりとした営業になる。

「あの、ダイさん」

カウンターの端に手を置いて、あゆみちゃんがこっちを見た。少し言うのを迷うように唇を動かす。

「どうした？」

「実は、今日、友達のマンションに寄ってから来たんです」

「うん」

迷いながら話すその様子に、ミートソーススパゲティを目の前に置いた丹下さんもほんの少し首を傾げてあゆみちゃんを見た。

「ここ何日か欠席しているんですよ。すごく気になって、様子を見に行ったんですけど」

「部屋にはいなかったのかい？」

あゆみちゃんの眉間に皺が寄った。

「部屋にはいるんじゃないかと思うんですけど、出てくれないんです」

丹下さんと顔を見合わせた。なるほど。

「まぁ食べながら聞こう。冷めちゃうから」

「はい」

もちろん、丹下さんは自分にも作ってある。カウンターの中に置いてある古くさい木のスツールに腰掛け、フォークを持つ。いつもじゃないけど、たぶん一週間のうち四日のお昼ご飯はこのミートソースだ。それだけ食べ続けても飽きないというのはどうしてなんだろう。

「あゆみちゃん、ブラウスの袖《そで》まくった方がいいよ。はねたら大変だよ。ほらこれも首に掛けな」

丹下さんがまっさらなタオルを渡す。

「あ、そうですね。済みません」

丹下さんに言われて、あゆみちゃんは白いブラウスの袖のボタンを外し、何度か折ってタオルを首回りに差し入れた。

「それで？　居留守を使っているってことかい？」

「何となくなんですけど、気配はするんです」

友人の名前は七尾梨香《なおりか》だとあゆみちゃんは言った。大学では同じ学部で、同級生。入学式のときに知り合ってからずっと仲良くしていると。

「気が合ったんです。とても」

少し笑みを見せて言う。そういえば、中学や高校時代の友人は何人かこの店に連れてきたことはあったけど、大学に入ってからはなかったな、と今気づいた。

「真面目な子、なのかな？　大学生なんだから多少休んだところで問題はないだろう」

訊いたら、頷いた。

「もちろん、ちょっと遊びに行くからサボるとか、そういうことはありましたけど、何日も休むなんてことはありませんでした。今日で三日目なんです」

「三日目、か。それは少し休み過ぎだな」

丹下さんも小さく頷いた。

「三日目、ってのは？　丸三日ってことかい？」

あゆみちゃんが軽く首を振った。

「丸二日、と、今日で三日目ってことです。朝学校に行って、今日も来てないことを確かめてからマンションに行ってみたんです」

「ってことは？　マンションこの近くなのかい？」

「上野です」

それなら近い。親のマンションに一人で暮らしていると続けた。家庭が少し複雑なんだけど、仲が悪いとかそういうことではない。事情があって両親は別の家に住んでいるだけだそうだ。

そうは言わなかったけど、そういう複雑な事情の家庭というのも、仲が良くなったひとつの理由なのかなとも思った。

あゆみちゃんは、あの事件から必要以上に自分の身の上を気にする傾向があった。簡単に言うと自分を卑下してしまうんだ。親のこととはいえ、犯罪に関わった自分が幸せな家庭の人たちと同じ立場に自分を置いちゃいけない、なんてことも考えてしまったこともあるようだ。

「ひょっとして昨日、家に寄ったって言ってた友達？」

そうなんです、と、あゆみちゃんは頷いた。それか、昨日も店にやってきたのは。

「気配がするっていうのは、音がしたとか、そういうの？」

「雰囲気でしかないんですけど」

少し古い造りのマンションで、廊下に面したところに窓がある。そこは和室になっていて普段はほとんど使っていない物置のような部屋。もちろん磨《す》りガラスで昼間でもカーテンが掛かっている。

「でも、カーテンがほんの少しだけ開いていたんです。そして、本当にこれは感じたってことなんですけど、中で人が動いたような気がして」

なるほど、と頷きながらスパゲティを食べる。あゆみちゃんはとても真っ当な感覚の持ち主だ。彼女がそう感じたのなら、そうなのかもしれない。

「もちろんだけど」

丹下さんがフォークを少し上に上げながら言う。

「居留守を使われるような理由に心当たりはないんだよね？」

「ありません。喧嘩《けんか》したこともないです。最後に会ったときも学校の帰りに二人でお茶を飲んで少し買い物をして、また明日ね、と言って別れたんです」

「その梨香ちゃんに彼氏は？」

少し首を傾げた。

「特定の人は、今はいません」

「今は、ってことは前にはいたんだね？」

「いました。でも別れたそうです」

「その彼氏に会ったことはある？」

一度だけですけど、とあゆみちゃんは言う。

「同じ大学の人です。名前は片岡《かたおか》さんとしか知りません」

「その人と一緒にいるってことはないのかい。まぁあれだよ。ねぇ？」

丹下さんが際どいことを言おうとして、控えたのがわかったので苦笑した。あゆみちゃんもほんの少し頬を赤らめて、唇を歪めた。

「それも考えましたけど、でも、携帯のメールや電話を無視するようなことはしないと思うんです」

「そうか」

自分が使わないものだからあまり頭にはなかったけれど。

「普段から、携帯のメールや、電話で話はしているんだね？」

「はい」

話さない日はない、とあゆみちゃんは言った。毎日電話で話していたのに、二日前から音信不通、か。

なんだか似たような話が転がり込んできてしまった。丹下さんも眼でそう言っている。さすがにあゆみちゃんに三栖さん失踪の話をするのはまだ早いと思う。彼女は、三栖さんも文字通りの恩人と思っている。友人に居留守を使われているのに、このうえ三栖さんがいないと聞かされては余計にダメージを喰らうだろう。

「ご両親に連絡してみちゃどうだろうね？　大学生とはいえ学校を休んで三日目なら、

親に言ってもいいんじゃないかい？　大学の方ではそんなことしてくれないんだろう？」

「余程のことがない限りは」

そうだろうと思う。犯罪でも起こさない限り、学生が何をしていようと大学側で動くことはないだろう。

「ご両親のことは知らないんです。都内なんですけど、実家の電話番号も住所も知らなくて」

「それこそ大学の学務に訊くしかない、か」

「はい。でも、教えてくれるかどうか」

難しいところだな。三人ともミートソーススパゲティを食べ終わった。食器を下げて、自分が洗うというあゆみちゃんを丹下さんが押しとどめた。

「まぁそれならダイちゃん、様子を確かめに行って来てあげなよ。あゆみちゃんもそうしてほしいんだろう？」

また困ったような顔をして、あゆみちゃんがこっちを見た。

「マンションまで行ってってさ。ちょいと探ってあげな。ダイちゃんの年齢ならその梨香ちゃんの親だって言ったってギリギリ通用するだろうさ」

「ギリギリもいいところだね」

高校生のときに出来た子供になるじゃないか。

「何なら管理人に言って鍵を借りるとかさ」

「あ、駄目なんです。持ち家なんです」

「分譲かい」

それなら鍵は借りられない。あゆみちゃんは申し訳なさそうな顔をしている。

「まぁ腹ごなしにいいだろうね」

甲賀さんからの連絡は入ってこない。ということは三栖さんからの連絡はまだないということだ。夜までそっちで動くことはできないだろう。

「いいよ。買い物もあるし、ついでにもう一度様子を見に行ってこよう」

携帯電話を取ってこなきゃならない。

携帯のショップに寄って受け取ったけど、係の人がお店のお客さんだったのをいいことに、箱やら説明書やらは邪魔になるのでまた後で取りに来ることにした。本体だけを手にして、店を出る。充電もきちんとしておいてくれたそうだ。

「番号を登録しておこう」

「はい」

嬉しそうにあゆみちゃんが微笑む。

「丹下さんの番号、そっちに入っているよね？」

「ありますよ」

「じゃ、それも教えて」

ついでに、と三栖さん、純也、香世ちゃんのも教えてもらった。それを打ち込んでいく。

「初めて使うのに、慣れてますね」

「自分で持つのは初めてだけど、純也とか丹下さんのはよく使わせてもらっていたからね」

上野に行くのなら日比谷線で一本。二人で地下鉄に乗って、混雑する上野の駅を歩く。駅を出てから五、六分は歩くそうだ。方向的には新御徒町《しんおかちまち》駅の方か。そう言えば近いんだけど上野の街を歩いたことはあまりない。

東京はどこを歩いてもほぼ同じ匂いがすると思う。東京生まれの東京育ちだからそう思うのかもしれないけれども。同じ匂いがするから、どんなに入り組んでいてもあまり迷う感じがしない。

「あそこです」

春日《かすが》通りという大きな通りから一本入った中通りの、七階建ての中ぐらいのマンション。この辺りは住宅街とは言えないだろう。文字通りビル街でその中に住宅になるマンションやアパートも並ぶ。近いだけあって、北千住の辺りと同じような雰囲気の街かもしれない。

玄関を入る。確かに少し古めのマンション。オートロックなどなくて、普通に自動のガラス戸が開く。並んだ郵便受け。

「新聞は?」

「取ってません。さっきのぞいてみたけど、何も入ってなかったです」

一応、確認してみた。〈七尾〉という名字しか書いていないのは用心のためだろう。

「六階です」

小さなエレベーターが二機。中へ入ると機械油の匂いがする。あまりメンテナンスをしていないのか、それとも単純に造りが古いだけなのか。モーターの音だけが箱の中に響く。

扉が開いて、緑色の床の長い廊下。しんとした雰囲気。ここらのマンションはどこもそうだろうけど、賑やかなところなどひとつもない。廊下を歩くときでさえ、騒音に気をつけながら歩く。実家でしか暮らしたことがないので、友人や知人のマンションを訪ねたときにはいつも違和感があった。どうしてこんなに暮らしの匂いがしないんだろうと。

「あそこです」

あゆみちゃんが小さな声で言う。正面からは気づかなかったけど、小さな中庭を囲む造りになっているんだ。廊下が四角を描いて、その角の部屋。確かに廊下に面して窓がある。そして確かに、カーテンが掛かっているのがわかるけれど、少しだけ隙間が開いているのもわかった。

あゆみちゃんと顔を見合わせる。インターホンを押す。ピンポン、と控え目な音が室内に響くのがわかる。

ドアに耳を当てて、澄ました。

どんなささいな音も聞き逃さないように、気配も感じ取れるように全身の神経を集中させた。

音は、しない。

「梨香ちゃん」

あゆみちゃんがささやくようにドアに向かって言う。

「あゆみです」

大きな音はしない。何の反応もない。しゃがみ込んでドアポストの差入口を押してみた。室内が薄暗いわけじゃない。サンダルとスニーカーが見える。女性ものというのだけは判断がついた。

一度、差入口から手を放した。わざと音を立てる。それから指を一本立てて、あゆみちゃんにエレベーターに向かって歩くように指示をした。

一瞬、首を捻ったあゆみちゃんが眼を大きくして頷き、ゆっくりと歩き出した。ほんの少しだけ、足音を立てて。

そこでそっとドアポストの差入口を開ける。わずかに玄関の中が見える。あゆみちゃんがエレベーターへの廊下を半分ほど歩いたところで、影が横切るのが見えた。

人の足の影。

音をたてないように差入口を閉じる。そっと立ち上がり、廊下に面した窓の方を窺《うかが》う。開けられるかと待ったけど、窓が開くことはなかった。その代わりに、カーテンが揺れるのはわかった。

ひょっとしたら、表からはわからないけど、中からは廊下の様子が少しは窺えるのかもしれない。

考えた。

あゆみちゃんはエレベーターの前で不安そうな顔をして待っている。ここは、無理をしないことに決めた。足音を忍ばせて、廊下を歩く。口を開こうとしたあゆみちゃんに、人差し指を口に当てて合図して、それから肩にそっと手を乗せ、行こう、と促しエレベーターのボタンを押した。

玄関を出て、しばらく歩くまで黙《だま》っていた。マンションからは完全に死角になるところまで歩いて、立ち止まった。

「どうでしたか?」

困ったような眉毛がさらに落ちたような気がする。

「人がいたのは、間違いないね」

少し眼を大きくさせた。

「やっぱり、いるんですね」

肩を落とした。どうして居留守を使うんだろう、と悲しくなったんだろう。

「ただ」

「ただ?」

「事はそれほど単純じゃないのかもしれない」

どういう意味ですか? と眼を少し大きくさせた。

「中にいたのは、男だと思う」

*

「ダイちゃんが言うんだから、間違いないんだろうね」

「確証はないんですけどね」

部屋の構造からして、廊下側の部屋に行くのなら玄関の前を通過するはずだと踏んだ。

その通りで、あゆみちゃんが歩いて行く足音を聞いてその様子を探りに和室に走ったんだろう。

「その影が確かに見えたんだ」

「男だったんだね？」

「たぶん」

女性の足の運びではなかったと思う。

「確実に見たわけじゃないので、ひょっとしたら男っぽい女性なのかもしれないけど」

そう言うと、あゆみちゃんは首を横に振った。

「梨香は、すごく女の子らしい女の子です」

「さらに不安にさせようと思っているわけじゃないんだけど、そうやって様子を見に走るというのは」

「何かやましいところがあるってことだぁね」

丹下さんの言葉に、あゆみちゃんが肩を落として、それから右手のひらをおでこに当てた。あゆみちゃんのおでこの形がきれいだ、と言ったのは三栖さんだ。

時計を見ると、四時を回っていた。まだ夕暮れる時間じゃないけど、中庭から店の中に差し込んでくる陽差しの色が少し変わってきた。

お客さんが誰もいないので、クロスケがカウンターの上に乗っかっていた。落ち込んでいるあゆみちゃんを元気づけようとでもしたのか、そっと近寄っていって匂いを嗅《か》ぐようにする。

あゆみちゃんが顔を上げ微笑んで、抱っこしようと手を伸ばす。嫌《いや》がりもしないでクロスケが身を預けて、あゆみちゃんの腕に抱かれて丸くなっている。

「あゆみちゃん、時間はいいのかい？」

「はい」

溜息《ためいき》交じりに言う。

「遅くなるようなら、ご飯を食べてくるって言ってあります」

「なんならあたしん家にまた泊まって行けばいいよ」

あゆみちゃんのお母さん、のぞみさんも叔母さんも丹下さんのことを全面的に信頼している。今までにも何度も泊まったことはある。

小さく頷く。クロスケを撫《な》でながらあゆみちゃんは何かを考えている。

「さて、どうしたもんだかね。ダイちゃん」

「うん」

小さく溜息をついた。選択肢はたくさんあるが。

「とりあえずは、今日で大学に来なくなって三日目なのだから、大学の学務に言って親に連絡してもらうのがいちばんなのかな」

　丹下さんも頷いた。

「そうだろうね」

　あゆみちゃんも顔を上げた。

「仮に、わからないですけど彼氏と一緒にいるんだとしても、しょうがないですよね」

「しょうがないね」

　丹下さんがぴしゃりと言う。

「どんな事情があろうと、無断欠席はともかく親友にこんな心配を掛けているんだ。多少恥ずかしいことになったとしてもあゆみちゃんのせいじゃないよ。何なら今ここで大学に電話してごらんよ。その方が手っ取り早いだろ」

　大きく息を吐いて、あゆみちゃんはクロスケをそっと持ち上げてカウンターに戻した。

〈もういいんですか?〉とでも言いたげな顔をして、二、三歩歩いて毛繕《けづくろ》いを始める。

「電話します」

　意を決したように携帯電話を取り出して、スツールを下りた。そのまま歩いて店の奥まで進む。

「あぁ、待って」

　アンプに手を伸ばしてボリュームを下げた。流れていたディー・ディー・ブリッジウォーターの歌声が低くなる。

済みません、と頭を下げながらあゆみちゃんが携帯電話を耳に当てている。丹下さんは頷いてグラスを片づけ始めた。そういえばクロスケの餌をあげていなかったんじゃないかと思ってカウンターの中に入った。

あゆみちゃんが店の隅で壁に向かって、電話をしている。学務の人間と話しているのがなんとなく聞こえてくる。

「ダイちゃんさ」

丹下さんが小声になった。

「三栖の旦那のこと、あゆみちゃんに言うかい?」

二人でちらっと彼女の背中を見た。

「もし、今日はこのまま夜までいるとか、丹下さんの家に泊まると言い出したら話そうか。純也も甲賀さんも来るんだから、彼女だけ仲間はずれにはできないから」

「そうだね」

「このまま帰るのなら、もう少し内緒にしておこう」

二人で頷いたときに、あゆみちゃんの声が大きくなった。

「え?」

思わず、見つめる。あゆみちゃんがこっちを見た。その表情は〈何故?〉という顔だ。

「はい、はい」

まだ向こうと話している。何か思いもよらないことを学務の人間に言われたのは間違いない。

「わかりました。ありがとうございます。あの、七尾さんのお父さんの連絡先を教えてもらうわけにはいきませんか？　そうですか。はい、ありがとうございました」

携帯電話を耳から外す。不安げな顔のまま、こっちを見ながらカウンターに近寄る。

「どうしたんだい？」

「それが」

まだわからない、という顔をしながら一度携帯電話を見た。

「梨香ちゃん、体調が悪くてしばらく休むという連絡が一昨日、学校側に入っていたそうです。お父さんから」

「なんだいそりゃ？」

あゆみちゃんの眉間に皺が寄った。

「どういうことなんでしょう」

「一昨日ということは、最初に休んだ日ってことだね？」

「そうです」

「その前日、別れたときには元気だったんだろう？」

はい、と頷く。

「普通でした。全然、元気でした」

「ダイちゃん」

丹下さんが顔を顰めた。どういうことか。父親から、大学に電話があったということは、実家に戻っているということになるけど。

「普通は、そういう電話は母親だよね」

「そうさね」

二人で同時に頷いた。

「私の具合が悪くなったら叔母か母が電話するはずです」

その通りだ。何故なら、普通は家にいるのはお母さんだ。もちろん共働きとか、あるいは父親が家にいる場合もあるだろうけど。何よりも。

「梨香ちゃんの家にいる男は父親という可能性も出てきたけど」

「余計にややこしくなるよね」

丹下さんが言う。

「父親がいるのなら、居留守を使うってのは余計におかしいだろうさ。彼氏なら、それはなんとなく理解もできるけどさ」

「その通りですね」

実家を離れている娘の具合が悪くなった。身体の自由が利く父親が部屋を訪れて大学に電話をしたのなら、それはいい。ごく普通のことだ。

しかし、居留守を使う理由がまったくわからない。

それは、異常なことだ。

4

丹下さんと顔を見合わせて、お互いに考えていることがすぐにわかった。〈これは何の偶然なんだ〉というものだ。

九年前もそうだったんだ。あゆみちゃんを捜してほしいと妹のみいなちゃんに頼まれた。それと時を同じくして真紀《まき》がいなくなった。まったく関係のない二つの人捜しがやがてひとつになっていった。

似ている。でも、ディテールはまったく違う。〈人生は出来損ないの偶然で成り立っている〉と言ったのは誰だったか。

「ダイちゃん」

丹下さんが心配そうな顔をして言う。

「うん」

そうだね、と頷いた。これ以上ややこしくならないうちに、あゆみちゃんに三栖さんの件を話した方がいい。同時に動くのはちょっと無理だ。

「どうか、したんですか?」

あゆみちゃんも不安そうに私を見た。

「実はね、三栖さんが姿を見せないんだ」

「え?」

説明した。彼女はそんな女の子ではないけれども、他言無用を言い聞かせる。三栖さんが行方不明になっていて、相棒である警察官に携帯メールがひとつ入っただけだと。しかもその文面が〈ダイへ〉というものだった。

「夜になったらその甲賀さんという人がまた来る。今まで」

時計を見た。四時半を回っている。

「連絡がないということは、相変わらず三栖さんからの連絡はそれっきりだってことだ。これからどうやって三栖さんを捜すかという相談を彼女としなきゃならないんだ」

驚いていたあゆみちゃんが、真剣な顔をして頷いた。

「私も、その話し合いに参加させてください。何もできないかもしれませんけど、いざというときの店番ぐらいはできます」

丹下さんが私を見て肩を竦める。

「言うと思ったよ。三栖の旦那は命の恩人だものね」

「はい」

口元を引き締める。はっきりとした意志。普段はとても柔らかな印象を与えるのだけど、芯の強い女の子だ。もちろん、法律を学んでそれを将来の自分の仕事にしようとしているんだ。そうでなければ、やっていけないだろう。

「梨香のことはもちろん心配ですけど、きっと私が電話であちこち訊いてまわれば済むような気がします。これ以上ダイさんにご迷惑は掛けません」

迷惑ではないし、電話で済むというのは少し楽観的に過ぎるような気もする。勘が外れてなければ、明らかに梨香ちゃんの部屋に、ひょっとしたら大学に父親と名乗り、しかも居留守を使うような男がいるんだ。

真っ当な感覚の父親が居留守を使って娘の親友に心配を掛けるとは思えない。仮にそうだったとしても、そこには何か相当の事情があるはずだ。放っておくのは心配だけれども確かに現段階ではどうしようもない。部屋に無理やり押し入るわけにもいかないのだから。

「あゆみちゃん」

「はい」

同じ大学の友人や心当たりに電話をして、梨香ちゃんの両親の連絡先を確認するというのが、今のところ最善策だと思う。そう言うと頷いた。

「三栖さんのことは任せておけって言っても無理だろうからさ。甲賀さんが来るのは早くても六時過ぎになると思う。お客さんがいる前でそんな話もできないから、たぶん八時や九時を回って店を早仕舞してからだ。だから一旦、家に帰った方がいい」

「そうだね」

丹下さんも頷いた。

「叔母さんにさ、伝言なり置き手紙なりしておいで。あたしんところに二、三日泊まるかもしれないからってさ。着替えとかも持っておいで」

「わかりました。そうします」

今までにも何度かあったのだけど、何か物事を決めると、彼女は素早い。普段のおっとりとした雰囲気がどこかへ行ってしまって動作までもが機敏になる。元々中学高校と水泳部だったスポーツウーマンだ。

「何かあったら、携帯電話に連絡くださいね?」

「わかった。あゆみちゃんも梨香ちゃんのことで何かわかったら連絡ね」

「そうします！」

コートを踊るように着ると風のように店を出ていった。

「いつものことながら」

丹下さんが苦笑する。

「よくもまぁあれだけ雰囲気が変わるもんだよね。そしてそれを本人が自覚してないってのがねぇ」

「まったく」

純也が彼女のことをウサギのようだと言っていた。普段はとても大人しくてのんびり動いているのに、危機を察知したときにはとんでもなく速く動く。もっとも、それがあの事件をきっかけにしたトラウマみたいなものでなければいいと話したこともあるのだけど。

丹下さんが片付けものをしながら溜息をついた。

「三栖の旦那がさっさと出て来てくれればいいんだけどねぇ」

そう願う。もう一人、あゆみちゃんの友達の女の子も。

七時を回った頃に店にやってきてカウンターに座った甲賀さんは、明らかに疲労の色が濃かった。ひょっとしたら眠れなかったのかもしれない。あるいは、昼間はもちろん日常業務があるだろう。三栖さんについて、何かの可能性を探して資料に当たることを夜を徹してやっていたのかもしれない。

「少し、濃いコーヒーを淹《い》れましょうか？　ミルクを多めに入れれば胃にも優しいですよ」

　甲賀さんは少し微笑んで頷いた。

「お願いします」

　まだお客さんがいる。三栖さんの話はできない。フレンチのコーヒーを落とす。実は私自身はフレンチはあまり好まないんだけど。

「直《す》ぐに純也も来ると思います」

　甲賀さんは頷いた。

「それから、申し訳ないですけど加藤《かとう》あゆみという女の子も来ます」

「あゆみちゃん？」

　それは、という顔をした。昨日話したばかりだから覚えていたんだろう。カウンターにはお客さんはいない。少し声を抑えながら話す。

「三栖さんを命の恩人と思っている女の子です」

　何故、失踪の件を話してしまったのかを説明した。彼女の同級生に居留守を使われた。確認しに行ったら明らかにおかしな様子があった。もう少し突っ込んで調べてあげたかったけど、三栖さんのこともある。

「彼女に内緒のまま動くのは無理だったものですから。人柄も、口が固いことも保証します」

コーヒーを置いた。甲賀さんがミルクを入れながら小さく頷いた。

「弓島さんがそう判断したのなら、私に異論はないです」

私を頼るしかない。甲賀さんはそう言っていた。何としても三栖さんの無事を確認したい。危ない目にあっているのなら救い出したい。そう願っている気持ちがひしひしと伝わってくる。

実際問題、何もかも上司に話して三栖さんを捜してもらった方が話が早いし、ひょっとしたら人命に関わることなのだからその方がいいのかもしれない。けれども、甲賀さんも言っていたようにあの三栖さんは、洒落《しゃれ》ではないがみすみす拉致されるような人じゃない。

あのメールのメッセージも含めて、何かがあるのだ。それは確信している。からん、とドアが開く音がして男の人が入ってきた。ベージュのチノパンツに淡いブルーのポロシャツ。

橋爪さんだ。

小さくお辞儀をして、カウンターに近づいてきた。立ち止まってまたお辞儀をする。

「今晩は」

「わざわざ済みません」

「とんでもないです」

誰にでも明るく愛想良く「いらっしゃいませ」を言う丹下さんも、ただ小さく頷いて微笑むのみ。場に流れる少し緊張した空気を甲賀さんは感じ取ったのだろう。そしてこの男性が橋爪という、かつて三栖さんが逮捕した男だとわかったのだろう。あるいは、既にデータベースで人物の特定はしていたのかもしれない。

紹介は後で、と眼で合図するとそのまま橋爪さんは甲賀さんから一つ空けたスツールに座った。甲賀さんも、何も言わずにコーヒーを飲んだ。

「ブレンドにしますか?」

「お願いします」

引き締まった表情と体つきと、そして背筋を伸ばした良い姿勢、坊主よりは少し長めという程度の髪の毛。丁寧な態度。初めて会った人はひょっとしたら自衛隊か何かの人かと思うだろう。

「仕事は大丈夫ですか?」

コーヒーを淹れながら訊くと、スツールに座って背筋を伸ばしたまま橋爪さんは頷く。

「幸い、今日は六時上がりで、明日は夜勤です。ですから明日も夕方まで動けます」

三栖さんは言っていたが、これほどに自分の人生を自分で変えた男も見たことがないと。罪を犯してそこから改心、というよりも前科者となった自分の人生を意志の力だけで決めて、橋爪さんは歩んでいると。

　本来、人間なんていい加減なものだと三栖さんは言う。「言葉は悪いが案外適当に自分の生き方を決めるんだ。そこに嵌まってしまえばそれでいいものだと納得して一生を終える。だが橋爪は違うんだ。あいつはとてつもなくいい加減な男。楽しけりゃそれでいいという類《たぐ》いの男なのさ。それは今も変わっていないはずだ。それを、あいつは自分の〈罪〉で封印している。意志の力で一生抑え続けると決めている。そうしてもう何年も、他人を介護するという福祉の仕事を続けている。悪党だったしその奥底に眠るいい加減さは消えないかもしれん。だが、今の橋爪は大したものだ。ある意味では尊敬しているよ」と、三栖さんは言っていた。

　橋爪さんは、一個空けた隣りにいる甲賀さんに小さく頭を下げた。甲賀さんもそれに応える。警察官と前科者の間に横たわる何かは、ひょっとしたら一度逮捕されたことのある私は、少しは理解できるものかもしれない。

「どうぞ」

「ありがとうございます」

　ブレンドを背筋を伸ばしたまま一口飲む。彼は、コーヒー好きだ。ようやく少し表情が緩んだ。少し下を向き、それから顔を上げて前を向いたまま誰に言うともなく、声を抑えたまま橋爪さんは言った。

「三栖さんは」

甲賀さんがその横顔を見た。橋爪さんは前を見たまま続けた。

「自分に言ってくれました。やりなおすんではなく、作り出せ、と」

作り出せ？

「自分の人生を新しく作る。時間も機会も充分にある、と。それは、おざなりの言葉ではなく、心底自分のことを考えてくれた言葉だと伝わりました。だから、今、こうして自分は旨《うま》いコーヒーを飲めています。感謝しています」

短い言葉だけど、だからここに来たんだと、甲賀さんに伝えたかったんだろう。決して浮ついた気持ちや生半可な覚悟ではない、と。

甲賀さんも、小さく頷いた。

「ありがとうございました」

テーブル席にいたカップルが立ち上がってレシートを持ってきたので、丹下さんが応対した。これで、無関係のお客さんはいなくなった。カップルが店を出たのを確認して丹下さんが言った。

「いいよね？　早仕舞」

「そうしましょう」

どうせこの後の時間は開けていても大した稼ぎは期待できない。丹下さんが行灯をしまうために外に出ていって、何か話し声がしたと思ったら純也が行灯を持って入ってきた。

「まいど」

にこりと微笑む。甲賀さんがわざわざスツールから降りて、お辞儀をする。純也の後ろから丹下さんに続いてあゆみちゃんも大きめのボストンバッグを手に入ってきた。

「そこでバッタリ会ったんだ」

純也が言ってあゆみちゃんも微笑む。

「ハッシーさん、久しぶり」

純也が歩きながらそう言った。橋爪さんはほんの少し微笑してゆっくりとお辞儀をした。

純也は、橋爪さんを、ハッシーさんと呼ぶ。どうしたってこれからずっと知り合いなんだから、オレぐらいは愛称で呼んでやった方がいいじゃん、と前に言っていたんだ。勝手にハッシーさんと決めてそう呼んでいる。橋爪さんも、純也と話すときには少し肩の力が抜けるような気がしている。そういう気遣いができる純也を、若いのに大したものだと思う。

純也はテーブル席に座った。

「皆もこっち来なよ。カウンターじゃ話し辛いからさ」

「コーヒーを落とすよ」

「あたしがやるよ。こっちで話は聞くからさダイちゃんは座りな」

「ハッシーさんこっち座りなよ」

純也が窓際に座ると、橋爪さんは頷いて純也の隣りに座った。それならと、あゆみちゃんと甲賀さんを向かい側の隣り同士に座らせて、私は隣りのテーブルの椅子を引いてきて皆を見渡せる位置に座った。司会役だ。

ここに至った経緯を整理した。

甲賀さんが昨日の夜にやってきて、三栖さんが行方不明であると言ってきた。いろいろ検討した結果、三栖さんが何らかのメッセージを送ってきていることは間違いない。甲賀さんが上司に報告して三栖さんを捜索してもらうのはもう少しだけ待つことにした。三栖さんが何を私たちに言いたかったのか。してもらいたいのか。それを探りたい。そしてもし窮地に陥っているのなら、救いたい。

ここにいるのは、三栖さんに恩義を感じそれぞれにプライベートを知る者ばかり。情報を共有して、どう動くべきかを検討したい。大体そんな話をすると、皆が頷いた。

丹下さんが皆にコーヒーを持ってきてくれて、自分はカウンターのスツールに腰掛けた。

「まず、三栖さんからの連絡はありません」

甲賀さんがそう言った。

「三栖さんが扱っていた案件で何か特に大きく動いたようなことは今のところ何もありません。そう表現するのは変ですが、平和です。もちろん犯罪は裏で進行しているのかもしれませんが」

皆が頷いた。

「ってことは、仮に三栖さんが犯罪者に拉致《らち》されているとしても、それを匂わすようなものは何もないってことだね？」

純也が訊いて、甲賀さんが頷いた。

「私は事務方ですが、情報自体は集まってくる部署です。どこかの暴力団が大きな取引をしようとしているとか、そういう情報は今のところないということです。他に何も確認するための手蔓《てづる》がないので、それしか確認しようがないのですが」

口惜しそうに小さく唇を噛んだ。手蔓というのは、即ち三栖さんのように独自の情報網がないということだろう。

つまり、昨日から何も変化がない。何も検討しようがないということだ。

「上司には、三栖さんからの定期連絡はあると言ってあります。特に疑問も持たれていません」

「そこだけは余裕があるというわけだね」

丹下さんが言う。

「息子の宏太くんだけどさ」

純也だ。

「Eメールして、それとなく訊いてさ。その後に電話でも話したけど最後に三栖さんと連絡を取ったのは二週間前だって。電話で少し話しただけ。特に何にもなかったって。取材だって嘘《うそ》言って三栖さんと一緒に遊びに行くときにはどこに行くかとか、あれこれ訊いたけど」

「収穫なし、か」

訊くと頷いた。

「原宿行くとか、秋葉原行くとか、何の手掛かりもない。三栖さんが一人でどこかに飲みに行くところとか何にも知らなかった」

「まぁ中学生だからな」

無理もない。父親とそんな話をすることもないだろう。

「元奥さんの由子さんにも訊いたけど、やっぱりここ二週間ぐらいは会ってもいないし話してもいないって。その宏太くんと話したときだろうな」

そっか、と純也は頷いた。

「最近の三栖さんについても、僕が知ってるようなことしかやっぱりわからなかった。

おかしな様子も何もなかったそうだ」

　そもそもが別れて十年以上経つ元夫婦なのだから、そんなに最近の様子がわかるはずもない。

「僕らも」

　甲賀さんを見た。

「何も、なかったんです。申し訳ない」

　甲賀さんが頷いて小さく息を吐いた。

「昨日の、松木孝輔という男ですけど、やはり間違いありません。名刺にあった指紋も一致しました。実業《じつぎょう》組の組長の松木です」

　甲賀さんが机の上に載せていた封筒からコピー用紙を取り出した。プリントアウトしたんだろう。男の顔があった。

「間違いありませんよね？」

「うん、そうだ」

　この男だった。サラリーマンのような風体の男。

「済みません」

　橋爪さんが軽く手を上げて言った。

「その松木というのは？」

「まったく関係ないのかもしれませんけど」

昨日の夜、甲賀さんがいるときに店にやってきたことを説明した。

「単なる偶然かもしれません。でも、妙なタイミングでやってきたもので」

橋爪さんが首を少し捻った。

「知っている男ですか？」

こくん、と、頷く。

「一度だけ、会ったことがあります。もっともそのときには組長ではありませんでしたが」

「会ったというのは」

唇を一度引き締めて、私を見た。

「あの頃の話になります。大丈夫でしょうか」

あの頃というのは、そうなのだろう。橋爪さんが学生でありながら薬物を扱っていた頃なのだろう。

「大丈夫です」

小さく頷いた。

「私がそのルートを手に入れたのは単純な話です。留学で知り合った外国人から買っていたのです。私は、どうしようもない男でしたが、そういう薬物を扱うことが危険であることも、暴力団に知られたら拙《まず》いということも理解していました。だから、おかしな表現ですが本当に信用できる人間を通してしか売り買いしていませんでした」

だからだろう。長い間捕まらずにそういうことができたのも。如才ない人間というのはいるものだ。

「それでも、噂《うわさ》というのは少しずつでも広まるものなのでしょう。ある日、飲み屋で男と知り合いました。気の良い男で、人当たりも良くて、意気投合して飲んでいました。仕事はバーを経営していると。今日は定休日だから今度飲みに来てくれと」

「そいつが？　松木？」

純也が訊くと頷いた。甲賀さんもあゆみちゃんも丹下さんも口を挟まずにじっと聞いている。

「小さな普通のバーでした。ホステスは一人きり。彼は歓迎してくれました。ぼったくられたりすることもなく料金も普通でした。でも、私は」

一度言葉を切った。

「自分で言うのは何ですが、やはり勘が良かったのでしょう。ここはヤバイと感じたのです。松木という男に、何か裏があるように思えたのです。そのときは気づかれないように調子を合わせて飲んで話して適当なところで切り上げました。けれども、店を出てすぐに尾行されているのがわかりました」

「尾行?」

小さく頷いた。

「明らかにまともじゃない。暴力団だろうと思われる男にです。おそらく私の自宅を調べるためだったのでしょう。怖くなった私はその日はカプセルホテルに泊まりました。そしてその足で、暴力団ではないけれども、薬物を扱っている人に助けを求めたんです」

「そうか」

純也が軽くテーブルを叩いた。

「それが、〈芳野建機〉だったんだ」

「そうです」

そういう繋《つな》がりだったのか。

「芳野さんから、松木というのは暴力団員だと聞かされました。近づかない方がいいとも言われました。芳野さんの懐《ふところ》に飛び込んだからでしょう。松木が私に近づいてくることはそれからはありませんでした」

「では、本当にそのときだけだったんですね。会ったのは」

「会ったのは、そうです」

会ったのは? 橋爪さんは甲賀さんを見た。

「甲賀さん」

「はい」

「三栖さんは、松木さんに関しての情報は何か持っていなかったのですか？　つまり彼が薬物を捌《さば》いているとかそういう話は」

　甲賀さんは首を横に振った。

「一切入っていません。松木の実業組は小さな組です。いわゆるショバ代が資金源のほとんどです。非合法カジノや賭場を少しやっているようですが、派手なことはしません。堅実という言い方はおかしいですけど、そういう組です」

「でも、武闘派なんですよね？」

　訊いた。確かそう言っていた。甲賀さんが私を見る。

「そもそも松木が実業組を背負ったのは、縄張りを守るためなのです。あそこの組は敵対関係にある之本《ゆきもと》組と縄張りを接しているんです。なので、小さないざこざがいつでもあります。まだ死人は出ていませんが、担当の話ではいつ派手な抗争が起きてもおかしくないような場所だと」

「それって」

　純也だ。

「つまりその松木さんの組ってのは捨て駒ってこと？　いざとなったら敵対する組に殴

り込みかけろと。そしてお前たちが死んでも知らないよ、みたいな」

甲賀さんが少し首を傾げた。

「若干ニュアンスは違うと思いますが、ほぼそのようなものだと思われます」

なるほど。いわば、組同士の抗争の、いざこざの最前線にあの人はいるわけだ。

「それにしても、そうは見えませんでしたけどね」

「確かにね」

純也もプリントアウトした写真を見て頷く。

「実は」

橋爪さんが言った。

「私は、三栖さんから松木さんの名前を聞いたことがあります」

「そうなんですか？」

甲賀さんが少し驚いた。

「確か、二、三年前だったと思います。三栖さんが私を訪ねてきて訊いたのです。母校の大学には今も知り合いがいたり繋がりがあったりするか、と」

「大学に？」

小さく頷いた。

「詳しくは言いませんでしたが、学生達の間の薬物犯罪に関してだと思います。私はすっかり縁が切れてしまっていたので何もないと答えました。それならそれでいいと三栖さんは言って、それから松木の名前を出したのです」

「何てですか？」

「組長になった、と。そして今でもお前のことは覚えているから気をつけろよ、と。逮捕されたときに松木の名前を私は出していましたから、そのことを覚えていたのでしょう。そして私に注意してくれたんだとそのときは思いました。けれども」

　私を見た。

「そうですね」

　確かにそうだ。

「甲賀さんの知っている中に、松木さんが薬物に関係しているという話はない。でも、今の橋爪さんの話だと松木さんはかなり昔から関係していたみたいで、しかも二、三年前にも三栖さん自身が名前を出している」

「つまり三栖さんの中には、情報として松木の名前はずっとあったわけだね？」

　純也が言った。

「そうなるな」

　甲賀さんも顔を顰めた。

「ということは、やはり昨日松木がここに顔を出したというのは、偶然ではなく」

「三栖さんの失踪に何かしら関係しているのかもしれませんね」

しかし、どう関係しているのか。

「ハッシーさんの母校のM大学って、確かあゆみちゃんと同じだったよね」

「そうです」

あゆみちゃんが少し驚いたように眼を大きくした。そういえばそんなことは話していなかったか。

「先輩だったのですね」

橋爪さんは、薄く微笑んで首を横に振った。

「忘れてください。どうしようもない先輩です」

「ってことはさ、ダイさん。二、三年前にあゆみちゃんの大学で、薬物関係の何かがあったってことじゃないの？」

「そういう話になるのかもしれないな」

またあゆみちゃんが驚く。

「何かしらの情報があったんだろう。甲賀さん」

甲賀さんが頷いた。

「残念ながら私の記憶にはありません。明日、資料で確認してみます」

「ひょっとしたら、考えたくはないけどまたどっかの学生が悪さしていたのかもしれないね。それで三栖の旦那は調べようとして、出身者でもあった橋爪さんにもちょっと訊いてみたと」

丹下さんが言うと、橋爪さんも頷いた。

「たぶん、そういうことなんでしょう。弓島さん」

「はい」

「実は、今は知り合いが大学にいるんです」

「そうなんですか？」

はい、と頷いた。

「私もつい最近知ったのですが、同級生が助教授になっていました。在学中は私とも親しかった男です。ですから、大学の様子を尋ねたりすることはできます。たとえば三栖さんが非公式だったとしても、何かを調べようと大学を訪れていたとしたら、ひょっとしたら彼は知っているかもしれません」

「そうだね。それいいね」

純也が言う。それは、確かにひとつの道筋にはなるかもしれない。

「幸い、その助教授の男は私がどういう人生を歩んできたか知っているようです。人を介してですが、気が向いたら連絡してこいとも言ってくれています。訪ねて行って、昔の自分のような悪い学生はいないのかという質問は別に不思議には思われないでしょう。

よかったら明日にでも行ってきますが」

甲賀さんを見た。甲賀さんは私を見た。

「そうですね」

考えてみた。母校で助教授となった同級生を訪ねるだけだ。橋爪さんも今はれっきとした社会人だ。迷惑になるようなことはないだろう。

「お願いできますか。今はどんな小さな情報でもありがたいです」

「わかりました」

「あの」

あゆみちゃんんだ。

「そういうことなら、私はゼミの教授に話を聞いてきます。なんといっても法学部ですから、犯罪にも詳しいです。もし、私たちの学校でそういう犯罪の噂があるのなら、何か耳に入っているかもしれないですよね？」

「あぁ、じゃオレもあゆみちゃんと一緒に行くよ」

純也が言う。

「ただそんな質問をしに行ってあゆみちゃんが変に思われても困るじゃん。オレが一緒に行って、ゲームシナリオの取材だって言えばいいんだよ。ひょっとしたらその教授、オレの作ったゲーム知ってたりしたら好都合」

「あ、教授、ゲーム好きです。知ってるかもしれません」

「いいね。そうしなさい」

丹下さんが大きく頷いた。

「あんたの職業も役に立つことがあるんじゃないか」

整理しようと思ったときに、電子音が鳴った。

「あ」

甲賀さんが素早く動いて、バッグの中から携帯電話を取り出した。携帯メールの着信音か。甲賀さんの身体に緊張が走っている。操作するのももどかしいという感じでボタンを押している。

「三栖さんからです！」

皆が身体を動かした。携帯の小さな画面を覗き込もうとした。

「文面は〈ダイへ。淳平たちは元気か〉」

そう言って甲賀さんが私を見た。

「何ですって？」

甲賀さんが携帯電話を私に向けた。

〈ダイへ。淳平たちは元気か〉

淳平？

「何でまた」

丹下さんが声を上げた。

「わからない」

何故、ここで淳平の名前が出てくる？　三栖さんは何を言いたいんだ？

「淳平さん、とは？」

甲賀さんが不思議そうな顔をする。橋爪さんも首を捻った。

「私の大学時代の友人です」

もちろん丹下さんは知っている。純也もまだ子供の頃には会っているし遊んでもらったこともある。あゆみちゃんも話だけは聞いている。

大野《おおの》淳平。今は劇団で俳優をやっている。住いは横浜だ。淳平と、ワリョウと、ヒトシと真吾。五人でこの家で暮らしていた。

その言葉を使うのはいささか気恥ずかしいが、親友だ。

「三栖さんとも親しかったのですか？」

甲賀さんが訊いた。

「いえ、会ったこともありません」

話はしている。そういえば、家で三栖さんと二人で酒を飲んでいたときに電話が入って、三栖さんとも話はしたことはある。

「三栖さんはあれで演劇とかも好きですから」

「そうでしたね」

甲賀さんも頷いた。

「でも、それだけです」

皆の顔に困惑の色が広がった。

「これさぁ」

純也が甲賀さんの携帯を示して言う。

「マジで、三栖さんが発信しているのかな。どう考えても変じゃん」

「変だな」

行方不明になっているのに、メールだけは来る。しかもその中身は、私宛て。橋爪さんが腕を組んで考え込んだ。甲賀さんも顔を顰めている。

「一体どういう状況になっているのか、見当もつきませんね」

橋爪さんが言う。そうなんだ。何もかもがあやふやで、捕らえ所がない。

「あの」

あゆみちゃんが口を開いた。

「誰からの発信とか余計なことは考えないで、純也さんがいるから言うわけじゃないですけど、これはゲームのヒントと考えたらどうでしょう」

「ヒント?」

　小さく頷いた。

「単純に誰かからのヒントだと考えるんです。ダイさんへ向けての」

「そうか」

　純也が指を鳴らす。

「ゲームを進めるためのヒントか。三栖さんがいなくなりました。彼はどこへ行ったのでしょう。第一のヒントは〈ダイへ〉。さぁこれはつまりダイさんへの問題なのです。三栖さんを救うためにはダイさんが動くしかありません。心の準備はいいですか？　ってなもんさ。何のために誰がそんなことをなんて」

　そうか。

「ひょっとしたら、三栖さんが無類のゲーム好きというのも」

「そうさ。それもこの事件の設定のひとつなのかもしれないぜ？　こんな回りくどいことをするのもそのためですよって。そして第二のヒントは〈ダイへ。淳平たちは元気か〉さ。引き続きダイさんへのヒントってことでこれはもう確定。きっとこの後もメールが来るとしたら全部ダイさん宛てなんだ」

　なるほど。

「だとしたら」

私が解くしかないわけだ。このヒントを。

「淳平たち、がヒントってことかね」

「たち、ってことは複数だよね。つまり、淳平さんとワリョウさんとヒトシさんと真吾さんのことを示しているわけだ」

「そうなるな」

けれども。

「あいつらがこれに関係しているとは思えない」

そう言うと純也も頷いた。

「そうだよねぇ。淳平さんたちがここにいたのは大学生のときだけなんだから」

丹下さんも頷いた。そもそも夏乃の事件でさえ、あいつらは詳細は知らない。詳しく話したい事件でもなかったし、卒業して以来、皆は故郷に帰ったり違う土地に就職したりでバラバラになった。電話で話すことはあっても、そして横浜にいる淳平とたまに会うことはあっても、五人で集まったことは一度もないんだ。

「単に大学時代の、親友たちっていうだけだものねぇ」

丹下さんがそう言って、何度か頷いていた。

「待てよ」

突然、記憶の中から浮かび上がってきた。

「なに？」

純也が訊いた。

あれは、いつだった。三栖さんがここに暮らし始めた頃だったか。大学時代、この家で四人の仲間と過ごした時代の話。

そうだ、そういう話は何度となく、三栖さんにもした。

そして。

「三栖さんは、そのときに言っていた」

「なんて？」

「俺にも、そんな時代はあったなって。大学時代にそういう気の置けないダチがいたって」

確かにそう言っていた。

「詳しくは教えてはくれなかったけど、悔《く》いを抱えたまま、今は疎遠になってしまっていると言っていた」

「悔い？」

丹下さんが訊く。

「どういうことですか？」

甲賀さんが訊いた。

「それは聞いていません。誰かに話せるようなことではない、と。でも、確かに、何もかもを共有し合った友人で、親友と言ってもいい男が俺にもいたと話していました」

松木だ。

そうだ。

「松木、と言っていた」

「マジ？」

純也が驚く。

そうだ、間違いない。

親友だと言っていたんだ。

松木という男が。

5

甲賀さんが眼を大きくさせて、それから唇を引き締めた。

「調べてみます。大学時代の親友だったんですね？」

「確か、そう言ってました。ちょっと待ってください」

考えた。記憶を呼び覚ます。皆がじっと息を殺して私に注目しているのがわかる。三栖さんはあのとき、いや時期さえもあやふやだ。

あれはいつだった？　二年前か三年前か、それ以上前か。

「そうだ」

つい、呟《つぶや》いてしまう。純也と香世ちゃんが高校を卒業したときだから、もう七年も前の話だ。あゆみちゃんの事件から二年ほども過ぎていた頃。たまたま三栖さんも早めに帰ってきて、翌日は非番で家にいて、純也と香世ちゃんの卒業祝いみたいなことを閉店後の店でやっていた。

ケーキを作ってあげて、皆で食べていつものように話して騒いでその後三栖さんと二人で部屋で飲んでいた。

時の流れは早いものだという、歳を取った人間誰もが口にする言葉を並べながらしんみりと飲んでいた。

「そこに、淳平から電話が入ったんだ」

別に用事も何もない。ふと思い出したので電話をしてみたと。淳平も酒が入っていた。そして純也のことも知っていたのであのガキが高校卒業かと話し、以前から役作りのためにも刑事と話がしたいとも言っていたので三栖さんに電話を代わった。

酒が入っていたのもあって、楽しそうに会話をしていた。三栖さんは劇団の俳優としての生活の質問をして、淳平は刑事としての生活についてあれこれ訊いていた。

電話を切って、三栖さんは言ったんだ。

*

「友人ってのは、いいものだよな」

グラスを傾けながらしみじみ言った。

「友人なんかいるんですか」

「失礼だなお前は」

笑った。

「だって、ここ何年かはプライベートな時間はほとんど家にいるじゃないですか。つまり僕と一緒じゃないですか」

「そう言えばそうだが、そうなるとお前だって俺が現在はいちばんの友人ってことになるぞ」

「ぞっとしませんね。お互いに」

考えてみれば三栖さんも私も出不精《ぶしょう》だ。外に出る用事がないのなら、一日中家に籠《こも》っていたって不自由を感じない。そういうところは似ているのかもしれないけれども。

三栖さんが、大きく息を吐いて、煙草に火を点けた。

「淳平たちが」

「はい」

「学生時代のお前の一番の友人たちであったようにさ。俺にもいたんだ。気の置けないダチがさ。親友といってもいい」

松木っていうんだが、とその名を呼んだ。懐かしそうな笑みを見せて。

「高校からずっと一緒だった。何故か気が合ってな。いつもつるんでいた」

「そうなんですか」

滅多に見ない幸せそうな笑みを見せていたので、本当に仲が良かったんだなと思っていた。

「大学時代はさ、俺はこれでも人気者でな。いろんなイベントをやっちゃあ人を集めてた。商才があるなんて言われてな。学生だけで会社を立ち上げたりしたんだぜ」

「マジですか」

想像できない。でも言われてみれば、抜け目がないというのは確かに商才というものに繋がるのかもしれない。

「じゃあ、その友達も一緒にその会社をやっていたんですか」

「そうだ」

そうだ、と、二回繰り返して、煙草の煙を大きく吐きだした。

「まぁ、そいつがあだになっちまったんだがな」

「あだ？」

苦笑する。グラスを傾ける。

「若き日の、悔いだ。いまだにどっかに棘《とげ》になって刺さっている」

人生にはつきものの、そういうもんだと少し淋しそうな笑顔を見せた。

＊

「なるほどね。その棘ってのが、松木って友達と何があったのかは、そのときは言わなかったのかい」

丹下さんが訊いた。

「聞いてないですね。そもそもそういう話はそのときだけでした。それ以来、学生時代の話なんかしたことないですから三栖さんは」

心を閉ざしているとか、愛想が悪いとか、そういう類いの人じゃない。むしろ三栖さんは人懐こい人だ。

でも、自分のことを自分から話すことは滅多にない。

「じゃあ、その大学時代の友人の松木ってのが、昨日ここに来たヤクザの親分の松木と同一人物だとしたら」

純也が腕組みをしながら言う。

「三栖さんは、その松木さんに拉致されている？」

続けてあゆみちゃんが言った。

「いや、しかし」

橋爪さんだ。

「だとすると、話がおかしいです。刑事を拉致するなどというのは重大な犯罪です。いかに暴力団といえども、そして昔の友人といえどもおいそれとすることではないと思います。もし、そうなら、松木さんがわざわざここに現れ、なおかつこの携帯メールを送ってくるというのは、明らかに矛盾していると思いますが」

言いながら、甲賀さんを見た。甲賀さんも頷く。

「私は」

唇を一度嘗《な》めた。

「恥ずかしいですが、現場経験のほとんどない事務方の人間ですが、暴力団が現役の刑事を拉致するというのは確かに大事です。過去のデータを洗ってもそうはないと思われます。あったとしても重大な事件ですから、松木がその犯人ならばここに顔を出すというのは確かにおかしな話です」

「ダイさんに連絡してくるってのも変だしね」

結局そこに話が戻ってきてしまう。

何かが違う。

おかしい。

組み合わせは何通りも考えられそうなのに、全てが矛盾していってしまう。

「だけど、とりあえず一歩前進だね」

スツールに座っている丹下さんが言う。

「松木ってのはそんなに珍しい名前じゃないけど、ここに突然やってきた暴力団の組長と、三栖の旦那の親友ってのが同じ名前なんていうのは、単なる偶然じゃないだろうさ。明らかにその二人の松木は同一人物で、三栖の旦那の失踪に何か関係してるんだよ」

「確かに」

「ほら、さっきもあゆみちゃんが言ったじゃないか。余計なことは考えない。とにかくその携帯メールのヒントだけを頼りにするしかない。〈淳平たちは元気か〉ってのは、〈ダイちゃんと淳平たち〉イコール親友イコール〈三栖の旦那と松木〉を連想させるためのヒントだろうさ」

「どうやってその情報を入手したとか、そういう考えてもわからないことは、考えない、ですね？」

橋爪さんが丹下さんに言って、丹下さんはしっかりと橋爪さんを見て頷いた。

「その通りさ。まずは松木を追うんだよ。それしかないよダイちゃん」

「うん」

それしかない。甲賀さんが言う。

「まず、私はすぐに署に戻ってもう一度実業組の松木を洗い出してみます。ここには出身大学など書いていませんし、そもそも松木孝輔が大学出で三栖さんと友人などというのが初耳ですから、できるだけ調べてみます」

純也が手を上げた。

「あれだね、三栖さんってH大だよね。オレ、仲の良いダチいるわ」

「私もいます」

あゆみちゃんが大きく頷いた。

「大学行きゃあ卒業生のデータとか出せるでしょ？　明日、何とかして、そこで三栖さんとその松木ってのがいたのかどうか探してみるよ。それで同一人物かどうか特定できるよね」

「それなら、私の大学行った後にそのままH大も回れますよね」

「そうしてもらえるか」

私は、と、橋爪さんが言った。

「明日は、純也さんと同じように M 大に行くとして、今日は松木さんのことをそれとなく訊いて回りましょう」

「訊くって、あてはあるのかい」

　丹下さんが言うと頷いた。

「おかしなもので、足を洗ったというか、堅気になった者同士というのは縁ができるのでしょうかね。何人か暴力団を辞めた人間を知っています。彼らに松木さんとはどんな男なのか、何か知ってるかどうか訊いてみます。もう堅気の人間ですから、そこらを嗅《か》ぎ回ってもおかしなことにはならないはずです。手掛かりにはならなくても、松木という人間のパーソナルデータを集めておくことは無駄にならないはずです」

「それなら、大丈夫だね」

　丹下さんの、橋爪さんに対する態度が少し軟化しているようにも思う。

「じゃあ三栖さんの元奥さんにももう一度電話してみよう。学生時代のことならきっと何か聞いてますよ。確か元奥さんとは学生時代から知り合いだって話は聞いてる。松木という人物にも、ひょっとしたら会っているかもしれませんしね」

　そう言うと、皆が頷いた。

「明日、それぞれに何か成果があればその都度、丹下さんに電話なり携帯メールを送るなりすることにしよう。それと」

　これだけは言っておかないとならない。

「決して、危ないことはしないように。少しでも何かおかしいと感じたらそこから踏み込まずにすぐに帰ってくること。もし、微《かす》かにでも実際の暴力団や危ない連中が動くようなことがあれば即座に、甲賀さんに連絡して、警察に動いてもらいます。いいですね？」

「わかった。あゆみちゃんはカンペキにガードするから安心していいよダイさん」

「頼むぞ」

　純也に関しては何も心配していない。頭も回るし腕も立つ。間違いなく今集まっている中では最も能力値の高い最強の男だ。

「橋爪さん」

　見ると、小さく頷いた。

「わかっています」

　一度唇を引き締めた。

「私は、三栖さんや弓島さんに、生かしてもらったような男です。二度と危ないことには首を突っ込まない。そして、自分を貶めるようなこともしないと誓いました。夕方まで動いて、仕事に入る前にここに来てご報告します」

「お願いします」

甲賀さんは署に戻って、橋爪さんも知り合いのところへ向かっていった。今夜中に何かわかればすぐに連絡をくれる。

純也とあゆみちゃんと丹下さんがカウンターに並び、私はコーヒーを淹れていた。皆で話している間中、ずっと自分の居場所の椅子に座って寝ていたクロスケが起き上がって、カウンターを歩いてちょこんと皆の真ん中に座った。

頭のいい猫だと思う。猫にそんな表現もないだろうけど、わきまえを知っているような気がする。あゆみちゃんがにっこり笑って抱き上げると、そのまま腕の中に納まって、満足そうな顔をしている。

「初代クロスケだったらね。三栖の旦那の匂いでも追わせたのに」

そう言って丹下さんが笑う。猫のクロスケは三栖さんのことも気に入ってる。三栖さんはあれで動物好きだから、クロスケと一緒のときには時間を忘れて真剣に遊んでいるんだ。

「三栖の旦那の元奥さんにも事情を話すかい？　昔のことをあれこれ訊いたらさすがに不審に思うだろうさ」

丹下さんが言う。

「いや、そこはまだ伏せておこうよ」

どういう事態になるのかわからない。

「巻き込まれる人間は少ない方がいい。だから、由子さんには、そうだね、三栖さんに結婚話が持ち上がってるとかはどうかな」

「結婚！」

純也が笑った。

「あまり嘘をつくのもなんだから、甲賀さんには悪いけど名前を使わせてもらおう。そういう女性がいるって。由子さんも刑事の妻だった人なんだから、口は軽くないよ。三栖さんがあまり昔のことを話したがらないので、不安に思ってる。親しい友人だったという松木さんのことなんかもあまり話さないけど、とかさ。あるいは」

自分で考えて苦笑してしまった。

「結婚式のサプライズまで考えているから、昔の友人を調べているとかさ」

「サプライズ！　似合わねぇ！」

純也がまた大笑いして、あゆみちゃんも丹下さんも少し笑う。本当なら笑っていられない状況なのかもしれないけれど、少なくとも非常事態という認識はまだ少ない。何もわからない、というのが現状なんだ。もし私だけだったらもっと雰囲気が暗くなってしまったかもしれない。

純也がいて良かったと思う。以前に三栖さんが言っていた。純也はどんな職業に就いても自分で波を起こせる人間だと。そういう人間はどんな場面においても重宝するし、ひょっとしたら大物になると。

皆のコーヒーを配ってから、店の電話で由子さんに電話をした。皆はコーヒーを飲みながら、聞き耳を立てている。

何度も電話して申し訳ない。実は三栖さんに結婚話があって、と、嘘をつくと由子さんは本当に驚いていた。でも、その甲賀さんというのが警察の人間だと言うと、納得していた。あの人にはその方がいいかもしれないと。

「それで、学生時代の三栖さんの親しい友人とか知りませんか？　その人にもいろいろ協力してもらおうかなと思って」

電話の向こうの由子さんが、うーんと言いながら少し考えていた。

（あの人、実は人嫌いなところがあるから、あんまりいないのよね。私との結婚式のときにも友達ってほとんど来てなかったし）

「そうなんですか」

（そういう話になって、三栖が喜ぶ友人といえば、やっぱりみちこさんと松木さんかなぁ）

松木。

名前が出た。

「松木さんというのは」

（高校からの同級生って言ってたわね。大学も一緒だったって。一番の友人だったみたいだけど、結婚式のときにはどっか外国行ってるとかで出席してなかったわ。残念ながら連絡先は私はわからないの）

「そうですか。みちこさんというのは？」

（やっぱり大学の同期で、松木さんの恋人。あーでももう内縁の妻みたいな言い方だったわ。実質上の妻なんだけど籍は入れてないって感じかな。結婚式も松木さんの代わりに出たみたいね。三栖と仲が良い雰囲気はよく覚えてるなぁ）

けれども、由子さんが妻でいた時期にその二人が家に訪ねてきたことも、三栖さんが会いに行った覚えもないと言う。それは三栖さんが言っていたことにも合致する。親友ではあるが、疎遠になってしまった松木さん。

「じゃあ、連絡取るのは望み薄ですね」

あくまでも、結婚式のサプライズに協力してくれる友人を探しているという演技を続ける。

（そうねぇ、三栖に直接訊く以外連絡先はわからないかも。その他の友人っていうのは、正直言ってわからないわぁ。あの人の今の一番の友人はダイさんみたいな感じだから）

「光栄ですね。そのみちこさんという人のフルネームと、どんな漢字を書くかわかりますか？」

うーん、と由子さんは唸った。

（ごめんなさい。覚えてないわー。名字は何だったかなぁ。あ、みちこは美しいに知識の知に子供の子ね。三栖は美知子美知子って名前を呼び捨てにしていたから。三栖の留守中に部屋をこっそり漁れば？　何か出てくるかも）

「また逮捕されますよ」

二人で笑う。昔のことは、由子さんなら冗談で共有できる。その後、しばらく何気ない会話を交わし、電話を切った。

あゆみちゃんが一生懸命メモしていたのは、私の話した電話の内容か。

「収穫は、その美知子さんって女の人だけかい」

丹下さんが言う。

「そうですね。そして確かに松木という親友がいたということです。美知子さんは、松木の実質上の奥さんとか」

「実質上というのは？」

あゆみちゃんが訊いた。

「由子さんも把握していないみたいだったけど、たぶん籍は入れずに一緒に暮らしていたんだろう。名字も知らないみたいだった」

「まぁでも」

　純也が言う。

「その人も大学の同級生だったんだろ？」

「そのようだ」

「なら、何とかして三栖さんの同期の名簿を見られるようにして、〈美知子〉さんを捜せばいいいんだ。十人も二十人もいないでしょ？」

「だろうな」

　ふむ、と、丹下さんは腕を組む。

「こうしてみるとさぁ、三栖の旦那も寂しい人生送ってるね。あの男はしょうもない。いざというときに連絡取れる友人がいないなんてね」

「でもまぁ」

　一応、擁護《ようご》しておく。

「そんなもんですよ。三十年も四十年も生きてると、本当に頻繁に連絡を取り合う友人はどんどん減っていくよ。増える方が不思議だよ」

「ダイちゃんなんかはいっぱいいるじゃないか。むしろ増えてるじゃないか」

「僕は、客商売だし、ずっとここに住んでいるからね」

　生まれたところにずっと住んでいる男というのは、案外というかかなり珍しい方の部類に入ると思う。実際、同級生たちを思い浮かべても、そういう環境にいるのは私と、近所の上関《かみぜき》精肉店の跡取りのマコトだけだ。

「オレもそうなるのかなぁ」

純也が言う。

「実家暮らし、楽だからなぁ」

「あんたは楽し過ぎだよ。一度は一人暮らしして世間の荒波に揉《も》まれなさい」

いいタイミングでクロスケが、にゃあ、と鳴いて皆で笑う。

三栖さんのことがなければ、いつもの夜だ。こうやってコーヒーの香りに包まれて、クロスケと遊びながら、どうでもいい話をしながら時間が過ぎていく。

時計を見た。いつの間にか十時近くになっていた。

「今日はここまでかな」

「そうだね」

それぞれの帰るべき場所に帰って、ゆっくり寝てまた明日集まる。三栖さんがいったいどうなっているのかという不安を抱えてはいるものの、体力と気力はしっかりさせておかなきゃならない。

純也は自宅に戻り、あゆみちゃんは丹下さんの家に泊まっている。店を閉めると店の奥にある階段を上って、自分の部屋に戻る。

二階は、以前はいくつかに仕切られていたが、店に改装したときに寝室と自室の二つだけにした。それもカーテンで仕切っただけの実質一部屋だ。そこにトイレとユニットバスと台所の水廻りを付け加えた。

もちろん、クロスケも一緒に二階にやってくる。ここでは指定席はなく、好き勝手にあちこちで眠ったり遊んだりする。家にやってきてしばらくの間は犬の初代クロスケの匂いが嫌だったらしく、気に入らない風にしていたけど今はすっかり我が物顔だ。

まだもう少し若い頃は音楽を派手に鳴らしたりしていたけれど、ここのところは何も掛けずに静かに夜を過ごすことが多い。

聞こえてくるのはたまに通り過ぎる車の音と、クロスケの寝息だったり鳴き声だったり。

机の横に置いてある古い籐《とう》椅子に、淡いブルーの婦人物のカーディガンがずっと掛けてある。

あゆみちゃんのものだ。

大分以前に晩ご飯を作りに来たときにそこに掛けたまま忘れていって、次に来たときに教えたのだけど持っていかなかった。その後も何度か言ったのだけど持っていかない。

それは、わざとなんだなと気づいてからは何も言わないようにした。

惚気話とかモテ話のようになってしまうので、丹下さんや純也や三栖さん、要するにあゆみちゃんと私の関係を知る人以外には誰にも話していないが、ずっと一緒にいたいと何度か言われている。

それは、母親にも認めてもらっていると。つまり、私と恋人同士に、将来的には結婚したいという話だ。

その気持ちを拒《こば》めるはずもない。嫌いではないのだから。むしろこんな冴えない男を好いてくれてありがたいと思う。もったいないぐらいだと思っている。

ただ、彼女はあまりにも若い。十七歳の年の差は、他人が考えるより私にとっては重い。

そして私たちの出逢い方は普通ではない。

彼女が、あゆみちゃんが私のことを生涯唯一の人などと考えるのも無理はないような出逢い方をしているのだ。

それは果たしていいものなのかどうか、いまだに自分の中で結論は出ない。だから、あゆみちゃんにはその気持ちを正直に告げている。せめて、大学を卒業して、社会に出た自分の気持ちの変化を確かめてからにしてほしいと。

一応納得してくれたらしいが、それへの反発の気持ちがあるのだろうな、と、彼女のカーディガンを見る度に思う。このまま置いておきます、という子供っぽい、けれども彼女らしい頑固さというか、真摯《しんし》な気持ちというか、そういうもの。ありがたいとは思う。嬉《うれ》しいとも思う。けれども、そう簡単に受け入れられるものじゃない。ただ、結論を出さなきゃならないときは日々近づいている。

「まったくね」

情けない男だと自分でも思うが、しょうがない。

「なぁクロスケ」

二階にいるときには名前を呼ぶと、かならず、にゃあん、と文字に描いたように鳴く。

そのクロスケが急に耳を動かした瞬間に、携帯電話が鳴った。

「はい、弓島です」

（甲賀です。夜分に済みません）

少し声を抑えているのがわかる。

「大丈夫ですよ。何かわかりましたか」

ガサガサと何か紙をいじるような音が聞こえる。

（実業組の組長松木孝輔は、確かにH大出身でした。ただし中退しているようです。理由までは判明していませんが）

「ということは、三栖さんが親友だと言ったのは、その松木で間違いないでしょうね」

（そういうことだと思います。H大の同期に同姓同名の人間がいるかどうかを確かめる

必要はあるかもしれませんが）

　可能性は低いだろうけど、確かにそれはそうだ。後で純也にメールをしておこう。

（ただですね）

「はい」

（いろいろと記録を当たったのですが、松木の実業組が薬物に関与していたという記録は今のところ出て来ていません。ですから、先程の橋爪さんの話の裏は取れないということになります）

「三栖さんが、松木の組に関して薬物関係で接触した形跡は記録としてはないということですね？」

（そういうことです。ですから、もし三栖さんが松木を気にしていたとするなら）

「他に理由があるか、単に友人だからか、ですね」

（今のところそうなります）

　もちろん、親友ともいえる友人が暴力団だったのなら気にするだろう。ましてや三栖さんは刑事なのだ。

「甲賀さん」

（はい）

「こっちで調べたところ、松木には内縁の妻がいたようです。その女性もどうやら三栖さんの同級生らしいのですが、資料にはありませんか。名前は〈美知子〉というのだけはわかりました」

一瞬沈黙があった。何か資料を見ていたのだろう。

(確かに松木には内縁の妻がいる、という記述がありますね。残念ながら名前まではありません。あ、待ってください。子供もいるようです。女の子ですね)

「女の子」

(これも、女子あり、という記述だけです。名前も今現在の年齢もわかりません)

「そうですか」

しかし情報としては、有効だ。

(今のところ、私の方の資料ではこれだけです。明日にでも三栖警部と親しい仲間に訊いてみようと思います。松木が本当に三栖さんの友人なのかも含めて)

「わかりました」

こっちがどう動くかも説明して、何かあれば携帯で連絡を取り合うことを確認した。

(弓島さん)

「はい」

間が空く。

(済みません。不安なんです)

声が、少し震えているようにも聞こえた。

（自分で決めたことですが、このまま、三栖さんが通常勤務していると上に報告していていいものか。一刻も早く報告して捜してもらった方がいいのではないか。三栖警部は、三栖さんは）

三栖さんは、と繰り返して、言葉が途切れた。息遣いが聞こえる。

三栖さんは、生きているのか、無事なのか。

生きていてほしい。元気な姿を一刻も早く見たい。そう言いたいんだろう。ひょっとしたら泣きたいのだろう。甲賀さんは。

でも、面と向かっては、言えなかった。仮にも警察の人間だ。三栖さんの部下なのだ。一般人に弱音は吐けない。夜中の電話は、危険だ。つい心の奥底にしまい込んだものが口をついて出ることもある。

「甲賀さん」

何かをこするような音の後に、押し殺したような声が続いた。

（はい）

「信じましょう。三栖さんを。甲賀さんが言ったように、あの人は誰かの罠に落ちるような人じゃありません。きっと、自分から飛び込んでいったんです。それも、勝算があって。だから、生きてます」

死んだりするはずがない。

「三栖良太郎《りょうたろう》は、殺したって死ぬような男じゃありません」

小さく、涙声で、「はい」と聞こえてきた。

「僕たちにできることは、一刻も早く三栖さんのメッセージを読み解くことです。見つけることです。それだけを考えましょう」

何度も、甲賀さんは「はい」と繰り返した。

電話を切った。

小さく息を吐いた。クロスケが甘えるように近寄ってきて、ひょいと膝の上に乗ってきて、くるりと回りながら座り込んだ。

「お前も会いたいよな」

三栖さんに、早く。そう言ったら、にゃおん、と鳴いた。

「まったく」

三栖さんの顔を思い浮かべて、毒づいてみた。そうすることで、自分の気持ちにも活を入れる。

「さっさと出て来てくださいよ」

会ったら開口一番言ってやろう。「あんなに心配してくれる女性がいるなんてまったく知らなかった」と。

机の上に置いた携帯を見た。まったく便利な世の中になったもんだと思う。いつどんなときでも携帯電話さえあれば連絡が取れる。

三栖さんの携帯から来るメッセージは、わからないけど、三栖さんからのものじゃないような気もする。甲賀さんにはああ言ったけど、あの人が、一般人を事件に巻き込むようなことをするはずがない。だとしたら、あのメールを打っているのは松木ではないかという可能性も出てくる。

松木が三栖さんの親友だとするならば、淳平の名前を知っていても、つまり三栖さんから話を聞いていてもおかしくないからだ。

ただ、三栖さんがそのメールを黙って打たせるはずもない。ということは携帯を奪われて軟禁状態にあるのは間違いないんだろう。でも、あの人がむざむざと、どことも連絡が取れない状態に陥るとも思えない。

余程松木が用意周到に三栖さんを陥れたのかもしれない。親友ならばそれも可能なのかもしれない。

では何故、松木はメールを送って寄越すのか。

店に顔を出したのか。

三栖さんを軟禁した理由と、それをわざと知らせるような連絡。こちらを動かすために、誘うようにする動き。

その関連性は一体どこにあるのか、何なのかがまったく見えてこない。

そこに何か意味があるはずだ。それを掴まないと、ただでさえ雲を掴むような話が、雲どころかただ空気をかき回しているような状態だ。

「ヤクザと刑事が親友か」

映画みたいな話だけど、事実なんだろう。大学時代にまさしく親友だった男二人が、どこかでまるで正反対の道を歩むことになってしまった。

「その理由は？」

そこに、何かがあるのだろうか。この事態の。

＊

「たださぁ、その松木も味方だっていう、洒落じゃないけど見方もあるよね」

朝の七時から開店前に勝手に店に入ってきて、自分でコーヒーを落としてトーストを焼いてカウンターで朝ご飯を食べていた純也が言う。クロスケが私にも食べさせなさいとトーストをじっと見ている。

実は何かあったときのために、ここの鍵を純也は持っている。以前は苅田さんが持っていた鍵だ。

「松木が味方？」

「そうさ」

カウンターから手を伸ばして、クロスケの煮干しを取り出してクロスケの目の前に置いた。勢いよく口にして食べ出す。

「三栖さんを軟禁してるのは松木が敵対する勢力でさ、で、松木は親友だった三栖さんを助けたいけど自分が動くとヤバイ事態になる。抗争って感じでね。だから、オレたちを動かそうと画策してるって感じでさ」

「それだと、三栖さんの携帯が松木の手にあるという説明がつかないんじゃないか？」

「まぁそうだけどさ。可能性はゼロじゃないよね？」

確かに。考えられないわけじゃない。

「もし松木が味方だとするなら、ここにわざわざ顔を出したのもなんとなく理解できるな」

「そうでしょ？　そこなんだよ一番引っ掛かってるの」

もしこれをシナリオだと考えると、と、純也は続ける。

「松木がここに顔を出した、ってのがめちゃくちゃ大きいフラグなんだよ」

「フラグ、って何だ？」

「あぁごめんゲーム用語だった。えーとねまぁこの場合は伏線でいいかな」

伏線、か。

「確かにそうだな」

「松木がここに顔を出したのは、自分は味方であると暗に匂わすためさ。そうでなきゃ顔を出す意味がない」

「それにしても、仮に三栖さんが暴力団に拉致されているとして、松木が救い出したいと考えたとしても、素人になんとかできると考えるかな？」

そこなんだよねー、と純也が唸《うな》って、コーヒーを飲んだ。

「弱いんだそこは。オレたちが暴力団事務所に殴り込んだって勝てる要素は何もないんだよねぇ。もし松木が味方だとしてもそれは十分に承知してるはずなんだけど」

やっぱり上手くまとまらないんだよねぇと首を振る。もう少し貰えないかとカウンターの上でずっと純也を見ていたクロスケがふいに頭を動かした。

入口のところに人影が見えた。

「橋爪さんだ」

クリーム色のジャケットにチノパン姿。そっと扉を開けて、お辞儀をしながら入ってくる。

「おはようございます」

「おはようございます。済みません、朝早くから」

「いいですよ。どうぞ」

またお辞儀をしてから、カウンターに向かってきてスツールに座る。

「昨夜電話しようとしたのですが、夜遅かったものですから」

済みません、とまた頭を下げる。

「気にしないで、電話してください。夜はけっこう遅くまで起きていますから。朝食はどうですか？　僕も食べますから一緒に」

遠慮するだろうから、答えを聞かないで目玉焼きを作り始めた。

「あ、オレにもね。トーストももう一枚」

「了解」

純也が落としておいたコーヒーをカップに入れて、橋爪さんに出す。

「ありがとうございます。それで、弓島さん」

「はい」

ジャケットの胸ポケットからメモを取り出した。

「昨夜、何人かの元暴力団の人間に聞いた話ですが」

「何か、収穫はありましたか」

小さく頷いた。

「まず、松木の組の実業組なのですが、どうも薬物は扱っていなかったようなのです」

「そうなの？」

純也がトーストを頬張りながら言う。甲賀さんもそう言っていたけど、やはりそうなのか。

「ただそれがおかしな話で、扱おうとする度に失敗していたとか」

「失敗？」

「はい」

詳しいことはさすがにわからなかったと橋爪さんは言う。

「実業組が大きな組にならずに、いまだに下っ端の、いざとなったら捨て駒になるような位置にいるのもそのせいじゃないかと」

目玉焼きと、昨日の残り物のポテトサラダ、それにトーストを皿に載《の》せて橋爪さんの前に置いた。同じものを隣りの席の前に置いて、カウンターを回り込んだ。

「なるほど」

「じゃあそれは三栖さんがいたからってことになるのかな」

純也が言った。

昨日、橋爪さんが帰った後に判明した事実を説明する。松木と三栖さんがほぼ間違いなく友人同士であったこと。松木には内縁の妻がいたこと。

いただきますと手を合わせてトーストを頬張り、橋爪さんは小さく頷いた。

「松木と三栖さんがそういう友人関係なのだとしたら、実業組が薬物の取り扱いにいつも失敗していたというのも頷けますね」

「松木がわざとそうしていたか、あるいは三栖さんがいつも事前に潰していたかってことですね」

「そうなりますね」

うんうん、と純也も頷く。

「それと、その松木の内縁の妻という女ですが、こちらでもその話は聞けました。名前まではわかりませんでしたが、カフェを経営しているという話でしたが」

「カフェですか」

「ダイさんと同業じゃん」

純也が驚いたふうに言う。

「池袋にあります。〈セブンテール〉という店です。住所はここのようです」

メモを差し出した。住所からすると、駅からそう遠くはないか。

「私が、行ってみましょうか？」

さて、と考えた。今日の昼間なら甲賀さん以外は誰でも動ける。松木の内縁の妻に接触するのは誰がいいのか。

6

池袋に来るのは随分久しぶりだった。確か三年前ぐらいに、大学の同期の結婚式が駅のすぐ近くのホテルであった。

東京に生まれてずっと住んでいると言っても、いつもいるのは家の周辺ばかりだ。東京タワーにだって上ったことは一度しかない。地方からやってきた人に道案内してほしいと言われてもたぶん感覚的にはそう変わらない。

ただ、東京の街の造りはどこも同じ雰囲気がある。だから、この辺なのかという当たりさえつければ迷わずに歩ける自信はある。そこはやっぱり地元の人間の感覚なんだろう。

池袋駅から、友人の結婚式があったホテルの方へ向かう。賑やかな都会的な雰囲気だけれども一本道を渡って向こうに行けば、小さなマンションやビル、そして普通の住宅も建ち並ぶ、いわゆる住宅街にすぐ変わる。

(なんか、似てるな)

〈弓島珈琲〉も賑《にぎ》やかな駅前通りから一本入ったところ。普通の住宅街のど真ん中だ。そもそも自宅を改装したものなのだから当たり前なのだけれども。

道路が二股に分かれて、その真ん中の三角形になった土地の先端。三階建てのマンションとも事務所が入るビルともつかない建物の一階にその店があった。

〈カフェ・セブンテール〉

表に出された看板でどこのコーヒー豆を使っているかがわかった。大きな窓に、シンプルな外観。そう言うと悪く取られるかも知れないけれど、普通の喫茶店だ。我が家みたいに古い西洋館とか庭があって桜の木があるとか特色があるわけじゃない。どこにでもありそうな、普通にコーヒーが飲めるお店。ひょっとしたら夜にはスナック風に変わるのかもしれない。なんとなくそういう匂いもしている。

＊

「僕一人で行ってこよう」

「ダイさんだけ？」

純也が少しだけ口を尖らせた。

「何かあったときのためにオレも行った方がよくねぇ？」

「何もないさ」

松木の内縁の妻がやっているからって、そこがヤクザの溜まり場とは思えない。

「松木の実業組の住所は田町《たまち》だから、全然場所が違うしね。たぶん普通の喫茶店だよ。だったら僕一人で充分さ」

それに、顔を知られる人数は少ない方がいい。そう言うと橋爪さんも頷いた。

「仮に、この〈セブンテール〉にヤクザ者が出入りしているんだとしたら、純也さんが一緒に行くのはまずいと思います」

「どうして？」

純也が首を傾げた。

「純也さんは気づいていないでしょうが、武道を心得たというか、強い人間の匂いを常に発散させています。つまり、雰囲気ですね。それなのに、見た目は今どきの若者でしかありません。そのギャップが不思議です。もし、それなりのヤクザ者だったらそういう雰囲気はすぐに感じ取って、純也さんに興味を持つ人間もいると思います」

「何者だこいつ、って感じですね？」

「そうです」

純也がそう言われて、唸って顔を顰めた。

「そんなつもりはないんだけど、言われればいくつか心当たりがないこともない」

「ですから、弓島さんが一人で行くのが、自然でトラブルにならないかと思います。弓島さんは、その」

少し言い辛そうにしたので、純也が頷いて笑いながら言った。

「人畜無害にしか見えないもんね。毒にも薬にもなりそうもない」

「わかってるよ」

そう言われ続けてもうすぐ四十年が経とうとしている。

＊

まだ時刻は十時過ぎだ。自分の経験からしても店は暇な時間帯。そもそもがこんな住宅街にある普通の喫茶店がそんなに混んでいるはずもない。近所のおばさまたちの集会所代わりになっているのなら別だけれど。

〈カフェ・セブンテール〉の入口の前に立って、木製のドアを引く。ドアに取り付けられている鈴が控え目な音で鳴った。

「いらっしゃいませ」

カウンターの中でスツールに座り、壁《かべ》に付けられた小さな台のようなところで何か書き物をしていた女性が立ち上がった。店内は、案の定お客さんは一人もいない。

大きな三角形をしているので、少し不思議な形でテーブルが置かれている。壁の三角コーナーには古めの大きな冷房機があった。

カウンターに座るという選択肢もあったけれど、明らかに狭い。椅子は二つだけでどう考えてもいきなりあそこに座るのはごく親しい常連だけだろう。

カウンターからいちばん近いテーブルを選んで、そこに座った。

「ブレンドをください」

無表情でお水を運んできた女性に言うと、ほんの少し笑みを見せて「はい」と頷いた。

コップを手に取ってお冷やを飲む。

この女性が、たぶん松木の内縁の妻の〈美知子さん〉なのだろう。

お冷やを飲むとそこの店がある程度わかるというのは本当だ。この〈カフェ・セブンテール〉のお冷やはきちんと冷やされ、嫌な匂いも味もしない。コップもきれいだ。最低ラインのことはされている店。

コーヒーは、ペーパードリップ式か。カウンターの中で準備をしているのがわかった。それとなく観察する。女性の動きに淀みはない。豆をきちんとミルで挽《ひ》き、きちんとしたスタイルでコーヒーを落としていく。

〈弓島珈琲〉がサイフォン式なのは単なる好みで、ドリップ式でももちろん落とせる。自家焙煎《ばいせん》なども一応修業して開店当時はやってみたこともあったけれど、そこまでのこだわりは持てなかったのでやめた。

店内に流れるのは、古いアメリカンポップスだ。有線かと思ったけれども、カウンターの向こうにこれも古くさいカセットデッキが並んで電源が入っているのが見える。ひょっとしたら、最近はすっかりCDが主流になってしまったけれど、まだカセットテープで曲を流しているのかもしれない。

どうやって話を切り出すべきかを、純也と橋爪さんと話し込んだ。三栖さんが行方不明であることはもちろん言えない。そもそもがこの美知子さんが三栖さん失踪に絡んでいる可能性もある。

ただ、とりあえず私を見ても何の反応も示さなかった。少なくとも、顔は知らないというわけだ。

「お待たせしました。どうぞ。ミルクは使います？」

「いいえ、いらないです」

微笑んで、こくんと頷く。軽く波打つ肩ぐらいまでの髪の毛。大きな瞳《ひとみ》が印象的で、背も高い。痩せているというほどではないかもしれないけれど、背の高さが細身という印象を与えている。

出たとこ勝負で行こうと決めていた。何もわからないのだから、どこかで突破口を見つけなきゃならない。少なくともこの女性は、店にやってきた松木という暴力団組長の内縁の妻で、三栖さんの同級生のはずなんだ。

「あの」

カウンターの中に戻る前に声を掛けた。

「はい？」

こっちを見て、薄く微笑む。

「実は私、三栖良太郎の友人なのですが」

「あら！」

大きな笑みが顔一杯に広がった。ええっ、と小さな声を上げながら、テーブルの方に一、二歩戻ってくる。

「三栖くんの？」

嬉しそうな笑顔。これは、今回の失踪にはまったく関係ないと確信できた。

「そうなんです。弓島と言います」

「弓島さん」

微笑んで頷いたけれど、知らないというのはわかった。

「以前にここの話を聞いていて、今日たまたま近くに来ていて、ふと見るとお店があったので寄ってみたのですが」

「そうだったんですかぁ。ありがとうございます。最初に言っていただければ」

少し動きがせわしなくなる。

「あの、何でしたらカウンターの方に来ていただければ」

「そうですね。お邪魔します」

すぐさま、テーブルの上にあるコーヒーとお冷やを移動してくれる。その後で、きちんとテーブルも拭く。店内の様子を見ても細かいところまで掃除が行き届いているから、真っ当な商売をやっている人だとも見当がつく。

「三栖くんは元気ですか？」

「はい」

微笑んで、嘘をつく。嘘でもないか。とりあえず三日前まではすこぶる元気だった。

「大学の同級生だったと聞きました」

「そうなの。大学だけじゃなくて高校も一緒のクラスで」

随分会ってないわ、と続けた。

「どれぐらいですか？」

「そうね、娘の入学祝いを持ってきてくれてからだから、三、四年経つかしら。電話では一年に一回ぐらいは話すのだけれど」

娘さんの入学祝い。そうですか、と、微笑んで相づちを打ってから訊いた。

「高校か、大学のですか」

うん、と、頷いた。

「大学生なのよ。M大」

M大？　それは、あゆみちゃんの通う大学だ。頭の隅に何かがよぎる。ふと思いつく。

「実は」

財布を取り出す。滅多に使わないが、名刺のようなものを持っている。名刺というよりはお店のカードのようなものだが。

「私も、喫茶店をやっているんです。〈弓島珈琲〉の弓島大です」

「あらあら、ご同業ですか」

名刺カードを受けとる。

「北千住なのね。ありがとうございます。機会があったら寄ってみますね」

くすりと笑う。

「名字をそのまま店名にしたのはうちと同じね」

名字？　ちょっとだけ不思議そうな顔をしてしまったんだろう。美知子さんは少し首を傾げた。

「三栖くん言ってなかった？　七尾美知子と言います。七つの尻尾《しっぽ》だから〈セブンテール〉」

七尾美知子さん。

記憶からその名字が引っ張り出される。

〈七尾梨香〉。

あゆみちゃんの、居留守を使っている友人の名前だ。七尾という名字がそうそうあるとは思えない。

また頭の中で合いそうで合わない形のブロックが動き出す。〈七尾梨香〉ちゃんのマンションには確かに人がいた。男の影だった。それは確信している。真面目な女の子が学校を欠席して親友からの電話にも出ない。居留守を使っている。そこに男の影がありそれは〈父親〉と名乗っているのかもしれない。

〈七尾梨香〉ちゃんの父親とは、松木孝輔だ。

これは、どう考えればいいんだ。どこをどう結びつければいいんだ。この美知子さんから他に何を引き出せばいいんだ。これ以上考えていては美知子さんに変に思われる。

たぶん、時間にして一秒かそこら。

「偶然かもしれないんですけど」

「はい」

動揺を隠しながら素直に確かめる。それが一番だと本能のようなものが告げている。

「うちの常連の女の子でM大に通っている子の親友の女の子が〈七尾梨香〉さんというのですが、まさかお嬢さんでは」

「あら！　そう！」

口に手を当てて笑顔を見せる。

「ええ、そうなの？　そのM大の子って？」

「加藤あゆみと言いますが」

「あゆみちゃん！　ええ、聞いてます娘から。いつも一緒にいるって！」

すごい偶然！　と本当に素直に喜んでいる様子が伝わってくる。もしこれが何かの嘘を隠す演技だとしたらアカデミー賞ものだ。売れない役者の淳平に見せてやりたいほどだ。

「そうそう、あゆみちゃんってそういえば以前は北千住に住んでいたって聞いたの思い出したわ。そうなの？　それで常連さんに？」

「そうなんです。実は中学校の頃から知ってる女の子でして」

笑顔で、偶然を喜ぶふりをしながらものすごいスピードで考えていた。この美知子さんの娘の七尾梨香ちゃんとあゆみちゃんが親友だったのは偶然だ。それは間違いないだろう。そこに何か偶然以上の意味を求めようとしたら哲学者への第一歩になってしまう。

偶然ではないのは、梨香ちゃんが居留守を使っている件だ。

それは、決して偶然じゃない。

そこが、三栖さんに繋がる糸だと確信した。根拠はまったくないけど、そうじゃなきゃ、おかしい。

「そういうことってあるんですよね。喫茶店なんかやってると特に思います」

もっと素直になって全部話してしまいたい欲求をかろうじてこらえて、微笑みを浮かべる演技を続けている自分を褒《ほ》めそうになってしまった。

「そうなのよねぇ。人生って偶然の連続だって思っちゃうわよね」

そこで何か思いついたようにこちらを見る。

「弓島さんは？　三栖くんとはどこで知り合ったの？」

「いえ、ただの常連さんなんですよ。三栖さんも生まれは北千住ですから」

「あ、そうだったわね！　忘れてたわ」

実は今はうちに三栖さんが下宿しているんだと言うとさらに驚いていた。もちろん詳細は話さない。単に家が空いていたからそうなったんだと。

美知子さんの態度がさらに柔らかくなる。高校、大学時代の親しい友人と一緒に住む同業の喫茶店店主。信用度はさらに高まったんじゃないかと思う。

どう訊けばいいか。

「以前、言ってました。七尾さんや、あと、何て言ってたかな。もう一人仲の良い友人がいて、大学時代はいつもつるんでいたと」

美知子さんの笑顔がほんの少しだけ、歪《ゆが》んだ。いや苦笑いをしたのか。

「松木ね。松木孝輔でしょ」

「あぁそうです。松木さんと言っていました」

困ったような、あるいは少し悪戯っぽい笑みを深くさせた。

「それね、夫なの。梨香の父親」

「そうなのですか？」

それは三栖さんは言ってませんでしたね、と言うとさもあらんと頷く。

「いわゆる、内縁関係ね。籍は入れてないのよ」

「そうでしたか」

そこから先は訊かないで、コーヒーを一口飲み、煙草を取り出して火を点けた。普段からカウンターの中にいる生活をしていると、何度も何十度もそういうシーンになる。それはカウンターから出ても有効だ。

訊かないでいると、相手が勝手に話し出してくれる。

「まぁここも実質上は松木の持ち物だから、内縁どうのこうのじゃないんですけどね」

小さく頷くだけにする。心を許している友人の三栖さんと一緒に住んでいる同業者だから話す、というニュアンスがありありと感じられた。

開店のお金は松木が出したということだろう。今も、厳しいときには補償してくれているのかもしれない。喫茶店が儲からないというのは嫌というほど知っている。私が気楽に生活できているのは、実家で家賃が必要ないからだ。丹下さんが開店の頃からずっと据え置きの安いアルバイト代で働いてくれるからだ。そもそも私の保護者を自任する丹下さんはアルバイト代さえ毎月嫌な顔をして受け取る。店の収入は全部把握しているのだからあまりにも情けない売り上げしかなかった月など受け取ろうともしない。

ここらで少し突っ込んだ質問をしなければ、話が続かないと判断した。

「一緒に住まわれているんですか？　お嬢さんと、松木さんと」

これぐらいは大丈夫だろう。普通の質問だ。美知子さんは、苦笑いしながら小さく首を横に二度三度振った。少し逡巡してから言う。

「三栖くんに訊けばわかっちゃうから言うけど、実はあの人これものなの」

頬を人差し指で一直線になぞった。古い仕草だ。若い人はわからないかもしれない。少しだけ、驚いたふりをする。

「なのでね、あの子も嫌がってるし。梨香は一人暮らししてるわ。家族三人バラバラの生活」

「そうですか」

「不思議でしょ？　三栖くんは刑事であの人はヤクザ者で、それなのに親友だったたって」

頷く。

「ドラマみたいな話ですね」

「そういうことがあるのよね。人生いろいろってことで」

自嘲気味に笑う。この話題はこれで終わり、という雰囲気が感じ取れた。これ以上訊いて怪しまれても困る。

「機会があれば、お嬢さんとあゆみちゃんと一緒にお店に来てください。三栖さんもいますし」

「あぁ！　いいわね。三栖くんにも会いたいし」

ぜひ伺うわと微笑んだのはお客さんへの社交辞令ではなく、本心だったと思う。

〈カフェ・セブンテール〉を出て、姿を見られなくなるところまで歩いた。角にあったコンビニの入口に灰皿があったので、そこに立ち止まって煙草を取り出し火を点けた。

自分の店に戻る前にやるべきことがないかどうか整理したかった。

繋がってしまったんだ。

あゆみちゃんの親友である梨香ちゃんが学校を欠席しているのと、三栖さんの失踪が。

確証はない。本当になんだそれは、と叫んでもいいぐらいの偶然なのかもしれないが、まずありえない。

間違いなく、梨香ちゃんと三栖さんの二つの行方不明の根っこはひとつだ。その中心にいるのが松木孝輔という暴力団の組長だ。

梨香ちゃんの父親であり、三栖さんの親友。

煙草を吹かす。

考える。

ここに私たちを巻き込んだのは、あの携帯メールだ。〈ダイへ〉というたった一言の携帯メール。

出したのは、松木で間違いないんじゃないかと考えた。松木が、三栖さんの携帯を使って松木が出した。つまり松木は娘と親友を使って私たちを動かして何かをさせようとしている。

今のところはそうとしか思えない。松木だと思わせて他の誰かが動いているという可能性もないわけではない。松木が店に顔を出したのも何が目的なのかわからない。何をさせようとしているのかはまったく摑《つか》めないけど少なくとも松木は自由に動けている。

三栖さんの失踪と梨香ちゃんの欠席を同時にさせることが可能なのは。

松木だ。

それなら、梨香ちゃんの部屋にいた男の影は。

「三栖さんだ」

バラバラになっていたたくさんのパズルのピースの二つが、初めて合ったような気がした。

失踪した三栖さんは何らかの理由で梨香ちゃんの部屋にいる。二人で息を殺して。もしくは、そうせざるを得ない状況に追い込まれて。

店に戻る前にするべきことがあった。梨香ちゃんのマンションにもう一度行くんだ。

そして、部屋の中に呼びかけてみる。

三栖さん、そこにいるんですか？　と。

仮にそこで何の反応もなかったとしても、私がそこに辿《たど》り着いたという事実が残される。

絶対に何らかの動きがあるはずだ。

（よし）

煙草を灰皿に放り込んで消して、通りに出た。一本先の大きな通りに出ればタクシーを摑まえられると思って歩き出した途端に、中通りに車の大きなエンジン音が鳴り響いた。

獣の咆哮《ほうこう》のようなエンジン音。

驚いてそっちを向くと、黒い車が迫ってきていた。スピードは緩まない。むしろ加速した。

道の真ん中にいる私目掛けて一直線に。

（それで？　無事だったのかい？）

携帯電話の向こうから丹下さんの心配そうな声が響く。

「大丈夫です。飛んで避けて転んで擦り傷を作ったぐらいで」

心臓が止まるかと思ったほど驚いたし、自分がこんなにも機敏に動けたことにも感心した。明らかに、殺されかけた。殺されないまでも大怪我になってしばらくの間は再起不能にされかけた。

「道筋は正解なんだと思います」

（そのようだね）

何故あのタイミングで襲撃されたのか。簡単だ。〈カフェ・セブンテール〉が見張られていたのだ。

何故見張られていて、そして私が殺されかけたのも皆目理由がわからないけれども、事実は事実。歩きながら会話を続けた。

「このまま梨香ちゃんのマンションまで行きます。もうすぐ着きます」

（大丈夫なのかい！　純也に電話してそっちに行かすから待った方がいいんじゃないかい。また襲われたらダイちゃん）

「大丈夫ですよ」

いくらなんでも、仮にあの車を運転していたのがヤクザ者だったとしても、殺しはしないはずだ。実際車はそのまま走り去った。本気で殺そうとしたのなら他の方法がいくらでもあるだろうし、さっさと済ます。

「警告なんですよきっと。何のための警告かは例によってはっきりしませんけれども」

（まぁそうかもしれないけどさ。充分に気をつけるんだよ！）

「了解」

電話を切ったときにちょうどマンションの前についた。昨日、あゆみちゃんと一緒にやってきた上野にある七尾梨香ちゃんの部屋。

「よし」

一応、警戒しながらマンションの中に入る。エレベーターからも離れて待つ。ただ静まり返ったマンションだからどこかに潜んでいるということもないだろう。六階へ向かう。小さなエレベーターの中はやっぱり機械油の匂いが鼻をつく。

そっと廊下を窺う。大丈夫だ。足音を立てずに緑色の廊下を進み、梨香ちゃんの部屋へ辿り着いた。

インターホンを押す。

しばらく待つ。

やはり何の反応もない。しゃがみこんでドアポストの差入口を押して開ける。ひとつ息を吐く。

これは、賭けだ。ひょっとしたらとんでもない事態を招いてしまうかもしれない。でも、ここで何かを残していかないと埒が明かない。

覚悟を決める。

この結果、何かが起こってしまってもそれを自分一人で引き受ける覚悟。

「三栖さん。ダイです。そこにいるんでしょう?」

耳を澄ます。かすかに何かが動いたような気がしたが。

「三栖さん。僕たちはどう動けばいいのか何とかして教えてください」

また反応を待つ。耳を澄ます。

近くの住人が出て来て不審に思われない限り、五分は待とうと決めていた。その間、全神経を聴覚に集中するつもりだった。

けれども、一分も待たないうちに、音がした。誰かがそっと歩いてくる音。そして指で開けていたドアポストの差入口から何かが出て来て外に落とされた。

一瞬見えたのは、女性の指先だった。

慌てて拾い上げる。

(図書館のカード?)

(うちの図書館のカードですか?)

*

携帯電話の向こうであゆみちゃんが少し驚く。

「そう、間違いない」

M大学の図書館を利用するために必要なカード。おそらくは館外貸し出しを管理しているんだろう。自分が大学生だった頃はどうだったかなと考えたが、学生証で入館していたぐらいしか記憶にない。

「何はともあれ、このままM大学に向かうから待ち合わせたいんだ」

(わかりました。正門の道路向かいに〈ノバ〉というカフェがあるんですけど)

「あぁ、知ってる」

(じゃあ、そこで)

「そうしよう。たぶん二十分も掛からないと思う」

わかりました、と、元気な声が響いて通話が切れる。思わず携帯電話をまじまじと見てしまった。

まったく携帯電話というのは便利なものだ。あの事件のときにもこれが普及していればあんなに苦労しなかったんじゃないかという気もする。

コンビニで透明ファイルを買ってそこに入れた図書館のカードを見る。〈七尾梨香〉の名前が入っているカード。念のためにファイルに入れたのは、ここから指紋が取れるかと思ったからだ。後で甲賀さんに電話してみる。もし、ここから三栖さんの指紋でも取れればあの部屋に三栖さんがいるという決定的な証拠にもなる。

無論、それがなくても確信していた。

あの部屋に、三栖さんはいるのだ。

（まったく）

間違いなく生きている。それも親友の子供とはいえ女子大生とマンションの一室に籠るとは何事だ、と言いたくなる。もちろんそんなことではない、大事なのだろうけれど、毒づいておく。そうした方が、三栖さんは無事に帰ってくるような気がするから。

M大学の近くにある喫茶〈ノバ〉はそれこそ私たちが大学生の頃からここにある老舗だ。あの当時に来たこともある。まったく変わっていない店内に驚くけれど、これが学生街の喫茶店のあるべき姿ではないかとも思う。

レンガの壁が印象的な店内のいちばん奥で、純也とあゆみちゃんが軽く手を上げて振った。

「待たせて済まん」

ウェイトレスの女性がお冷やを持ってきて、ブレンドを頼んで去って行くのを確認してからファイルを取り出した。

「これだけど」

あゆみちゃんが一目見て頷いた。

「うちのです。間違いないです。梨香は読書好きなので、よく図書館は利用していました」

「そして、これだ」

裏を引っ繰り返した。その裏に、鉛筆で書かれていたのだ。カード自体はプラスチックなので擦《こす》ったらたぶん消えてしまう。

〈12:00〉

純也が顔を顰める。

「十二時ってことだよね」

「たぶんそうだろうな」

あゆみちゃんが腕時計を見た。

「あと、三十分ですね」

むーん、と、純也は声を出す。

「まったくしちめんどくさいヒントを出してくるよね」

「精一杯だったんだろう」

周囲にお客さんがいる。あまり詳細は話せないので、ぼやかしながら声を小さく落としながら言う。

「これを渡せる状況にあるのなら、それこそはっきりとした何かメモを書くとか電話に出るとかいくらでも方法はあったはず。それなのにこれしか渡さないというのは、すぐに消えてしまうようなメモなんていうのは余程の事情があって、なおかつこれがかなり重要なものだってことだと思うんだが」

うん、と、純也も頷く。

「そうでなきゃ、困るよね」

「無事なんですよね？」

あゆみちゃんが心配そうに言う。たぶん、と頷いて微笑んであげた。

「無事でいることは間違いないと思う。電話でも言ったけど間違いなく女の子の指だった」

二人とも頷いて少し笑顔になった。

「そこだけは良かったけどさ。こいつを」

カードを指差す。

「どう扱えばいいのかさ」

「普通に考えるのならば、素直に十二時に図書館に行くしかない。そういうメッセージなんだと解釈するしかないだろう。あゆみちゃん」

「はい」

「大学の図書館には部外者も入れるのかい」

入れます、と頷いた。

「区民の人なら身分証明書を提示して、これと同じような部外者用のカードを作れば借りることもできます。大丈夫です」

「区民だけか」

残念ながら私も純也もM大のある区の区民ではない。足立《あだち》区民だ。

「あ、でも。入るだけで借りないのなら、私が一緒に入れば大丈夫です。ひょっとしたら駄目なのかもしれないですけど、特にチェックするわけじゃないので」

「まぁオレは大学生に見えるしダイさんは充分講師や教授に見えるよ。っていうか学内にいたらそうとしか思えないよ大丈夫。行ってみる？」

純也が言う。まぁそうか。

「そうしよう。これがある以上は行ってみるしかない。そこで何かが起こるのかもしれないし、見えてくるかもしれない」

店を出て、大学に向かって歩きながら話す。

「何があると思う？」

純也が訊いてくる。

「口惜しいが、まったくわからない」

三栖さんの失踪と、梨香ちゃんの居留守と、暴力団の松木。それぞれ親友と親子という間柄。

「そこに娘の大学の図書館という要素をぶち込んでも何も浮かんでこない」

「オレもだよ」

純也が口を尖《とが》らせた。

「ゲームのシナリオならいくらでも考え出すんだけどさぁ。現実問題となると、どこをどう捻れば上手いこと結びつくやら」

あゆみちゃんも顔を顰《しか》める。

「七尾梨香ちゃんが、図書館に何か特別な思い入れとか、何かがあったとかは？」

訊いたら、首を捻った。

「さっきも言いましたけど、読書好きなので毎日のように顔は出していました。それは間違いないです。でもそれ以外は特に」

「毎日のように、か」

そこに何かあるのか。

講義中の時間帯なのか、キャンパス内を歩く学生の数は少ない。その中を三人で歩く。

「オレは大学行かなかったから、なんかいいね、こういう雰囲気」

空気を変えようと思ったのか、純也が言う。

「そうだったな」

「ダイさんも思い出すでしょ。淳平さんたちと暮らしていた頃のこと」

頷いた。

大学のキャンパスは、どこでも同じ空気を醸《かも》し出す。それはどんな時代であろうと若い学生達の気配が満ちているせいかもしれない。

自由や、わがままや、希望や苦悩。若者特有のそういうものはいつだって変わらないはずだ。

「ダイさんの成績は良かったんですか？」

真面目で成績優秀なあゆみちゃんに訊かれると困る。苦笑いした。

「悪くはないけど、良くもなかったな。まぁ真ん中ぐらいだ」

淳平とワリョウは優秀だった。真吾とヒトシと私は、まぁどっこいどっこいか。

「それでも皆真面目だったね。試験前にはあの家で皆で徹夜で勉強したし」

そう言うとあゆみちゃんは微笑んだ。

「その頃のダイさんたちと、一緒にいたかったです」

小さい声で下を向きながら言って、頬を赤くした。早足で歩き出した。

その後ろ姿を見て純也がパン！　と足を後ろでクロスさせて私の尻を蹴《け》った。年長者の尻を蹴り上げるとは何事かと怒ろうかと思ったが、苦笑いするしかなかった。

一途な彼女の思いを受け止められる日は来るのか、と他人事のように考えるしかない。

今は。

＊

図書館は、図書館だった。

それ以外の何物でもない。M大学は数年前に本校舎を新しくしたが、この図書館は何十年も前に建てられたままで、さすがに古くさい印象はいなめない。その代わりに、浮ついた雰囲気はない。

焦げ茶色の木製の書架はどっしりとしていて安心感があるし、陽差《ひざ》しを避けるための窓のレースのカーテンも褪《あ》せた雰囲気があり、どこか時代を感じさせる。

三人で、ゆっくりと見て回った。

広さは充分過ぎるほど広い。学生の姿や、教員と思われる人ももちろんいる。それぞれが机についていたり、書架の間を歩き回ったり、立ち止まって真剣に本をめくる人もいる。

何の変哲もない、普通の図書館の姿だ。

急ぎ過ぎても変に思われるので、書架の間を歩きながら時折立ち止まって本棚を眺める。これでも文学部だったので、こうやって本を眺めながらなら何時間でも過ごすことはできる。

純也がひょいと向こうを指差して、一人で反対側へ歩いていった。あゆみちゃんは私のすぐ近くにいる。

十二時まで、あと数分。

そこに目を留めたのは、偶然だ。

書架の向こう側に男性がいるな、という認識しかなかった。ここの書架は背が開いている。つまり、本が並んだ上部に見通せる隙間があるのだ。一つ向こうの書架で本を探す人たちの姿が見える。向こうでこちら側を向いて立っている人がいたら、眼が合うこともあるだろう。

その男性が書架の前で立ち止まって何かの本を取りだして開いた。開いて、ページを捲っていた。

図書館ではありふれた行動だ。何の不思議もない。不思議もないけど、つい見詰めてしまったのはその捲り方だった。

明らかに、どこかのページを目指しているような捲《めく》り方。そしてそこに辿り着いたときにふいに左右を見回すように肩と頭が少し動いた。

それで、その本をそっと書架に戻した。

何か聞こえたのか、それとも何か用事を思い出したのか。そんなような仕草にも思えたが、周囲に誰もいないのを確かめたようにも思えた。

あゆみちゃんの肘《ひじ》にそっと手を添えて、歩き出す。少しだけ驚いた風に顔を上げたけど、頷いて一緒に歩き出した。

一つ向こうの棚の間を歩く男よりほんの少し早く歩く。書架の角を回って、その男の正面に回った。

男が私とあゆみちゃんを避けようと脇にどけながら、けれどもその動きを止めた。

「あぁ」

小さな驚きの声。それはあゆみちゃんもその男も同時に上げた。そしてお互いに軽く頭を下げた。

そのまま男は私の顔をちらっと見て、すぐに去って行った。書架を進む。さっき男が見ていた本のところへ。あゆみちゃんが私の横に並んだので、顔を近づけて小声でそっと訊く。

「誰？」

あゆみちゃんも小声で答える。

「経済学部の片岡くんです」

そう言ってから、さらに小声で私の耳元で囁くように言う。

「梨香の彼氏でした」

「梨香ちゃんの？」

そういえば言っていたな。彼氏がいたけど別れたと。そうだ片岡とあゆみちゃんはその名前を言っていた。

経済学部の片岡くんが見ていた本のところまで来て、それを取り出す。どうやら経済学の本だ。厚く重く余程のことがなければ普通の人は手に取らないような専門書。

パラパラと捲る。何をしているのかわからないあゆみちゃんはじっと私のすることを見ている。

どこを捲っていたのか、何が目的だったのか。

「うん？」

手が止まる。

そこに、紙が挟《はさ》まっていた。

白紙の、紙。

文字通り白紙で何も書いていない一枚の紙。

反射的にそれを抜き取り、丁寧に畳んで胸ポケットに入れた。

7

すぐにあゆみちゃんの背を押してここから離れるように言ったのは、ただの勘だった。あゆみちゃんは怪訝《けげん》そうな顔をしながらも早足で歩いて、三つほど向こうの書架のところで本を探すような演技をしながらこちらをそっと窺っている。

分厚い経済学の本を閉じて、それを元に戻しながら、何気ない振りを装いながら周囲を見回す。

一人の男が数メートル向こうにいる。本を探しているようにしか見えないけれども、何かがどこかが違うような気がしていた。これも、ただの勘だ。でもその勘が今まで人生で何度か役に立ってくれたことがある。自分の直感を信じている。

その男の向こうに純也の姿が現れた。こっちに向かってくるので目配せをする。気づいて、その足が止まった。反対方向へ歩いて、二つ離れた書架のところに移動した。純也は何もわからないだろうけど、こっちへ来るなと言ったんだろうと判断してくれたようだ。そのまま回れ右して、あゆみちゃんのいるところへ向かっていった。

適当な本を取って、男をそれとなく観察する。

男は、スーツを着ていた。中年、とまでは言えないかもしれないが少なくとも大学へ通うような年齢ではないようにも思える。何気ない様子でゆっくりと書架を移動して、さっき私が立っていた場所まで移動した。

あの本を手に取った。経済学の分厚い本だ。

同じようにページを捲っていく。明らかに目当てのページがあるような捲り方。その手が止まった瞬間に、身体が少し動いたような気がした。何秒か凝視した後に、そっと周りを見回すように頭が動き始める。

私は、ゆっくりと屈みこんだ。下の棚の本を探すようにして男の視線から逃れた。大丈夫だ。立ったままの男から私の姿は見えない。男は、ゆっくりと本を閉じて棚に戻してそのまま歩き出す。

急いでいる風ではない。あくまでも図書館の中を歩くのにふさわしい速度で。何度か頭を巡らせて周囲を観察したが、何も見つからないようでそのまま出口に向かっていく。

立ち上がって純也を探した。

あゆみちゃんと一緒にこっちを見ていたので、指であの男を示した。純也が頷いて、少し急いで出口へ向かっていく。私はあゆみちゃんの近くまで行って、促して二人で少し遅れて同じように歩き出した。

玄関を出たところで、純也があの男を尾行しながらキャンパスを横切って行くのが見えた。辺りに人がいないのを確認して、あゆみちゃんに言う。

「純也に携帯メール打てる？」

「はい」

「深追いしなくていいって伝えて。どこの誰かがわかったらすぐに店に戻ってくれって」

「わかりました」

あゆみちゃんが、携帯メールを打ち出す。もちろん自分でも打てるのだけど、買ったばかりでようやく操作を憶えたばかりだからとんでもなく遅いんだ。

携帯メールを打ち終わったあゆみちゃんが顔を上げた。

「送りました」

「ありがとう」

それから、不安そうな表情をして私を見た。

「さっきの人は何なのですか？」

「わからない」

わからないけれども。私は胸ポケットに入れておいたあの紙をそっと取り出した。

「あの本に挟まっていたこの紙を手に入れたかったのは、間違いないと思う」

そしてこの紙はいったい何なのかもわからない。あゆみちゃんが携帯を見た。

「純也さんからメール戻ってきました」

二人で携帯のディスプレイを見た。

〈もうわかった。店に戻る？　まだ図書館にいる？〉

驚いて二人で顔を見合わせてしまった。

ということはこの大学内であの男の身元がわかったということか。大学の関係者なのか。

「この辺で、周囲に人がいなくてゆっくり話ができる場所はあるかな」

あゆみちゃんが、ちょっと首を傾げてから小さく頷いて言った。

「グラウンドの横の観覧席がいいです。広くて、試合でグラウンドが使われている時以外はほとんど誰もいません」

総合グラウンドでは野球部が練習をしていたが、明らかに人数が少なかった。まだ昼ご飯の時間だから集まってきていないんだろう。あゆみちゃんに従って端に座り、コンビニで買ってきたパンと飲み物を三人で広げていた。

「講師？」

「そう、講師室に入っていった」

純也が言う。いかにも昼休みにのんびりしている学生と講師という風情に見えるように心がけながら話す。

「講師室は学生入室禁止ってなっていたからね。そこから先は無理だった」

そうですね、とあゆみちゃんも頷いた。

「後ろ姿と横顔だけデジカメで写真は撮っておいたよ。この男だよね。あゆみちゃんわかる？」

小さなデジタルカメラのディスプレイに映し出された男は、確かにあの本を見ていた男だった。あゆみちゃんは顔を近づけて凝視したけど、首を傾げた。

「わからないです。私は習ったことのない先生みたいですね」

「そうか」

誰なのかを確認しなきゃならないけれども、どうしたらいいか。

「まさかあゆみちゃんに写真持って回ってもらうわけにはいかないしなぁ」

純也が言う。その通りだ。何が起こるかわからないのだから、これ以上のことは彼女にはさせられない。

「あ、でも」

あゆみちゃんが軽く言う。

「うちの学校のサイトに講師紹介のページがあります。顔写真が載ってる場合もありますから後で確認できますよ」

「本当？」

こくんと頷く。

「それに、もしそこに載っていなかったら、これを写真プリントして学務に持っていったらどうでしょう。学内に落ちていたんだけど誰の写真でしょうかって。そうしたらきっとわかるんじゃないですか？　隠し撮りしたふうには見えないから、単純に誰かが落としたのかもって思われるんじゃないでしょうか」

純也がパチンと指を鳴らした。

「それいい。何気なく〈この先生のファンの女の子が落としたのかなぁ〉なんてさ、冗談交じりで話せば名前わかるかもしれないじゃん。オレが行くよ。学生に見えるから、単純に落とし物を届けにいくんなら身分証明なんかしなくていいだろうしさ」

「その手で行くか」

純也ならうまくやれるだろう。

「で？　あの男がどうしたの？」

サンドイッチを齧《かじ》って、純也が言う。ファイルを取り出した。自分の指紋をこれ以上つけないようにあの白紙を入れておいた。

「なにこれ」

図書館で梨香ちゃんの元彼氏と遭遇したことを純也に話す。彼が書架の本を見ていた態度がどこかおかしかったことも。

「確かめたら、この紙を梨香ちゃんの元彼氏が本に挟んでいたんだ」

そして、この紙をその講師が取りに来ていた。

十二時に。

純也が顔を顰めた。

「それはつまり、梨香ちゃんがダイさんに寄越した図書カードに書かれた時間というのは、指定された時間だった、ってことか」

「間違いないような気がする」

「梨香ちゃんの元彼氏、か」

純也がそう言って頷く。

「繋がっちまったな。ここに関係者が登場するってことは、何か関係してると思った方がいいよね」

「そう思うんだ。つまり、梨香ちゃんは今日の十二時に元彼氏がこの紙を挟みにやってくるって知っていたってことだ。何らかの怪しげなことのスケジュールを彼女は知っていたんだ」

あゆみちゃんが心配そうな表情を見せる。

「それは、何なんでしょう」

「まったくわからない」

見当も付かない。

「その紙も、ただの白紙ですよね」

あゆみちゃんが言う。

「そうなんだ」

ファイルを空に向ける。コピー用紙を陽の光に透かしてみる。

「何にも書いていないし、透かしとかもない。本当にただのコピー用紙にしか見えない」

「ってことはさダイさん、これはただの付箋代わりで、挟んであった本の方が重要なんじゃないの？　そこのページに書かれていることが大事とか」

純也に頷いた。

「それも考えていた。でも、講師らしき男はそのページを読むような真似はしていなかった。明らかにページに紙が挟まっていないことを確認したら落胆したような、あるいは驚いたような身体の動きを見せたんだ。それは間違いない。そしてすぐに辺りを見回すようにして、図書館を出ていった」

うーん、と純也が唸る。

「じゃあやっぱり目的はこの紙か」

「特殊なペンで何かが書かれているとかでしょうか」

わからない。

「梨香ちゃんから、元彼氏、片岡くんだっけ？　何か変なことをしていたとか聞いていないんだよね？」

一応確認すると、あゆみちゃんは頷いた。

「何も聞いていないです」

午前中に得た梨香ちゃんに関する事実。組長の松木さんが父親だったというのはまだあゆみちゃんに告げていない。親友だというのに梨香ちゃんがそれを告げていなかったというのはそれなりの理由があるんだろう。もう少し自分の中で考えてからにする。

「これ以上はどうしようもない。甲賀さんにお願いしよう。警察ならこういうものを調べる手段をいろいろ持っているだろう」

帰る前に学内の自由に使えるパソコンを使って調べてみたが、顔写真を載せている講師の中にあの男はいなかった。純也に写真のプリントアウトと、講師の正体を突き止めることを頼んで、あゆみちゃんといったん店に戻った。いつまでも丹下さん一人に店を任せっきりにはできない。

〈弓島珈琲〉は通常営業。いつものように、近所の常連の皆さんがやってくるし、通りすがりに入ってくるフリーのお客さんもいる。ましてや昼の時間帯は丹下さんのミートソースを目当てに近くの会社勤めの人もたくさんやってくる。ランチタイムはそれなりに戦場になるのだ。

急いで帰ってきたのだけれども、それでもそのお昼のいちばん混雑する時間帯が終わる頃になってしまった。店のドアを開けると、マコトがカウンターの中で真ん丸の顔を、あぁようやく帰ってきたというふうに一度天井に向けてから、口を尖らせた。

「遅いぜダイ」

「すまん」

同級生のマコト。何かあったときにはよく店を手伝ってもらうんだけど、ここまで丹下さんと二人で任せっきりにしてしまったのは久しぶりだ。

丹下さんが、安心したように微笑んで少し肩を下ろした。自分の椅子に座っていたクロスケもようやく帰ってきたの、と言いたげに身体を伸ばしてから、床に下りて歩いてあゆみちゃんに近づいていった。

「ぶつぶつ文句ばっかり言うんだからねこの男は相変わらず」

「だってさぁ丹下さん。三十九にもなってさ、いまだに電話一本で呼び出されて金にならない手伝いさせられる俺の身にもなってよ」

「それを言うなら、三十九にもなっていまだにおふくろさんと嫁さんとに自分の店の実権を握られてるのを何とかしなよ」

いつもの、軽口。皆で笑う。マコトの家は代々女性が強いと近所でも評判だ。

「バイト代の代わりにご飯食べていけよ」

「あたりまえだ。大盛りでコーヒーお替わり自由な」

マコトが緑色のエプロンを外しながらカウンターを回ってきて、スツールに座る。代わってカウンターに入る。あゆみちゃんが手伝おうとエプロンを付けかけたけれど、お客さんはもう二組しかいない。

「座っていなよ。コーヒーを飲もう」

微笑んで頷いて、マコトの横に座った。マコトがお冷やを飲みながら皆の顔を見回す。

「そういやぁ、あゆみちゃん久しぶりだね」

「はい、ご無沙汰しています」

あゆみちゃんに微笑みかけてから、後ろのテーブル席に座るお客さんを少し気にして、カウンターに被さるようにして小声でマコトが言ってきた。

「純也も一緒に、俺に言えない理由で外出してたってことはさ」

「うん」

「また何かあったんだろうけどさ。手伝えることがあれば早めに言えよ。俺だっていつでもヒマじゃないんだからさ」

「サンキュ」

頷いて、まだ大丈夫だという意味で微笑んでおいた。丹下さんも同じように頷きマコトに向かって親指を立てた。マコトには何も話していないんだろう。単に、私がある事情でいないから手伝ってくれと電話して呼び出しただけ。

あゆみちゃんの事件のときにはマコトにも手伝ってもらった。ぶつぶつ文句を言いながらも、商売人の特質とでもいうべき細やかな気配りで随分助けてもらった。でも、今回はまだいい。事情を知る人間は少ない方がいい。

「昨日、莉田さん見舞ってきたけどさ」

身体を起こしてマコトが言った。そして、悲しそうな顔を見せる。

「随分《ずいぶん》瘦せちまった。見てられなかったな」

「そうだな」

莉田さんの話は一日に一回は出るけれども、皆が心配している。本人はきれいさっぱりガンは取ったから大丈夫と言ってはいるし、早期の胃ガンの治癒《ちゆ》率は高いとも聞いてはいるけれども。

「大丈夫だとは聞いていても心配だよな」

マコトが頷いた。

「まぁ安心しろ。退院してもしばらくは養生だろうからさ、苅田さんの跡は俺がしっかり継ぐから」

「安心なんかできないけどね」

　丹下さんが大盛りにしたミートソーススパゲティの皿をマコトの前に置いて言った。

「せいぜいたくさん食べて体力つけとくれ」

「あいよ」

　苅田さんが入院してしまったので、町内の防犯安全委員会会長はマコトが代行している。頼りないという声が多いけれども少なくとも私よりかは適任だ。いかにも肉屋の跡取りといった福々しい顔と体形は商店街組合でも皆に好かれている。

　携帯電話の着信音が鳴った。皆が頭を巡らせて私もそうしたが、誰も自分の携帯を取ろうとしない。

「あ」

　慌ててカウンターの端に置きっ放しにした自分の携帯電話を取った。呼び出し音には慣れてなくて、それが自分のものだということがわからなかった。

「もしもし」

（ダイさん？）

　純也だった。

（わかったよ。やっぱり非常勤講師だった。名前は芝田久志《しばたひさし》。あとは大学のサイトに細かいプロフィールが載ってる）

「そうか」

（これから戻るから）

「了解」

皆がこっちを見ていた。小さく頷いて、あゆみちゃんを見る。

「やっぱり非常勤講師だった。芝田先生というそうだよ」

「芝田先生」

繰り返したが、やはり知らないと首を捻った。後でパソコンで確認してみよう。

丹下さんが、私を見た。

「後でゆっくり聞くけど」

「うん」

「さらにややこしそうなことになってきたね」

頷いておいた。お客さんがいる前では話はできない。甲賀さんが仕事を終えてやってくるのを待つことになる。

毎日のようにここに来てくれていた、親代わりのようでもあった苅田さんが入院してしまっても、毎日はいつもと変わらず過ぎていく。同じように、どんなトラブルに見舞われようと一番大切なのは日々の暮らしだ。何よりも、三栖さんが戻ってきたときにこの店が目もあてられないことになっていては悲しむだろう。丹下さんのミートソースを人一倍愛しているのは三栖さんなのだから。一日の締めくくりにここでコーヒーを飲むことがあの人の楽しみなのだから。

＊

甲賀さんは六時にはもう店にやってきて、カウンターに座っていた。純也もあゆみちゃんもいたけれども、他のお客さんがまだいるので他愛ない話でお茶を濁《にご》すしかない。

純也が甲賀さんに東京の人なんですか？　と訊いたら、甲賀さんは微笑んで首を横に振った。

「実家は鳥取《とっとり》なんです。大学からこっちに来てました」

「へぇ、鳥取」

この店が実家である私もここにいる常連の皆も東京生まれの東京育ちだ。そして、東京という街に故郷というある種の感慨を持つことはできない。それは、どこかへ出て行った経験がないからだ。まさに故郷は遠きにありて思うもの、というものがわからない。

そういう話は大学時代、この家に共に暮らした仲間たちとよくしていた。五人の仲間で、私だけが東京生まれだったから。

「砂丘見てみたいなー」

純也が言うと、甲賀さんが嬉しそうに微笑む。

「ぜひどうぞ。本当にただの砂丘なんですけど、不思議と嬉しくなりますよ」

「嬉しく?」

はい、と頷いた。

「なんか、笑えてくるんです。ただ、砂ばかりなので」

「そういうものかもね」

「でさぁ、甲賀さん」

純也だ。

「ぶっちゃけ訊いちゃうけどさ。三栖さんとどうなの? いやほら、世間話としてさ」

皆が苦笑する中、甲賀さんは少し含羞《はにか》んだ表情を見せた。非常時といってもこんなときにそんな質問をしても不謹慎とは思われない純也のキャラクターというのは本当に貴重だと思うし、人徳といってもいいんだろう。

「世間話ですよね?」

「もちろん、世間話」

「デートはしたことあります」

おお、という声が上がる。私も思わず驚いた。場の重たい空気を和《やわ》らげるため、というのを甲賀さんもわかっているんだろう。いつもより少し声のトーンが高い。

「でも本当に、仕事帰りに一緒に二人で食事をする、というぐらいのデートですよ？」

「それでもさぁ、あの三栖さんがデートってねぇ？」

純也が悪戯《いたずら》っぽく笑ってこっちを見た。

「じゃあ甲賀さん」

「はい」

「早いとこ片付けて、またデートしなきゃ、ですね」

甲賀さんが、胸の奥底に思いを隠して、にこっと笑った。

「そうしましょう」

「大丈夫。オレらが手伝ってるんだから」

隣りに座っていた純也が、ぽん、と軽く甲賀さんの肩を叩いた。何を思ったのかクロスケがその瞬間に鳴いて、皆が笑った。

「橋爪さんは仕事なので、今日はこれだけで」

七時を回って、お客さんが途切れたところで店を閉めた。腹が減っては戦ができないと純也が言って、全員が晩ご飯をそのまま店で済ませて、またテーブルに集まった。

コーヒーを淹れて、甲賀さんとあゆみちゃんが並んで座り、その向かいに私と純也。

丹下さんが自分の椅子を持ってきてテーブルの端にでん、と構えた。クロスケがにゃあん、と鳴きながら走り寄ってきて、あゆみちゃんの膝の上に乗っかった。皆がそれぞれにまずコーヒーを飲む。

「混乱するといけないので、まず朝からの出来事を全部話します。それから他にわかったことを報告し合って、整理していきましょう」

甲賀さんが頷く。

「その前に、あゆみちゃん」

「はい」

少し驚いたように身体を動かした。

「黙っていたけど、梨香ちゃんのことで少し驚く事実がわかってしまったんだ。ショックを受けないように最初に言っておく」

「梨香の？」

小さく頷き返した。

「梨香ちゃんのお父さんは、松木孝輔だった」

「ええっ⁉」

全員が、同じように声を上げる。さもあらんと思う。私もあのときは思わず声を上げたかった。

松木さんの内縁の妻である美知子さんの店を訪ねたところから始めた。橋爪さんからもたらされたその情報は全員が共有していた。甲賀さんにもメールで送ってあった。

「〈セブンテール〉という店名はそのまま〈七尾〉さんだったんですよ」

なるほど、と、純也が手を打つ。

松木孝輔と七尾美知子と三栖良太郎。高校時代から大学までずっと同級生で、親友と言ってもいい間柄だった三人。

何故かはわからないけれど、あるところで文字通りに道が分かれてしまった三栖さんと松木さん。梨香ちゃんという子供がいながらも、籍を入れていない夫婦である松木さんと七尾さん。

あゆみちゃんが、ふぅ、と息を吐いた。

「梨香が、お父さんお母さんの話をしたがらない理由がようやくわかりました」

うん、と大きく丹下さんが頷いた。

「だろうと思うよ。親友にお父さんは実はヤクザなの、なんて言えないからね」

美知子さんは今回の件は何も知らないであろうことを確信したこと、そして車で轢《ひ》かれそうになったこと。やはり皆が驚いた。単なる警告だろうけれど、明らかに私が動くことを誰かが監視しているのがはっきりしたことを告げた。

甲賀さんが眉を顰めた。

「申し訳ありません。私のせいでそんな危ない目に」

「いや、それは違いますよ」

手を振った。

「甲賀さんがここに来なくても、そして三栖さんのことを告げなくても松木さんがここに来て、きっと僕らはこれに巻き込まれたんです。そうでなければ、松木さんがここに来た意味がわからない」

「そうだよ。だってあのメールを打ってるのは松木で確定じゃん。あれはきっと甲賀さんがちゃんとここに来たことを確かめに来たんだぜ」

そう思う。

「でも」

あゆみちゃんんだ。

「何のための警告なんでしょう? 松木さんが三栖さんを拉致しているとしたらそれをわざわざダイさんに知らせに来るのも変ですし、おまけに携帯メールのヒントにしたがって調べ始めたら今度は警告を発するなんて矛盾するもいいところです」

「そうなんだ。でも、そこはまずは置いておこう。とにかく、僕らはおそらく松木さんの手の者に監視されている。対策は後で考えよう」

そこで、梨香ちゃんの部屋にいるのは父親である松木ではない、と確信した。そうなると残るのは。

「三栖さんです」

甲賀さんが眼を丸くした。

「そうとしか思えません。そうじゃなきゃ、この二つの事件が同時に起こった意味がない」

マンションを訪ねて直接呼びかけた。三栖さんの応答はなかったけれど、明らかに梨香ちゃんが寄越したものが。

「この〈図書カード〉です」

ファイルに入れたまま、甲賀さんの前に置いた。そうして純也とあゆみちゃんと三人で図書館に行った。謎の〈12:00〉というメモのような時刻に現れたのは、梨香ちゃんの元彼氏だという片岡くんと、大学の非常勤講師である芝田久志。

「本に挟まっていたのは、このコピー用紙です」

それも、甲賀さんの前に置いた。甲賀さんは、唇を引き締めて頷く。

「これが、今日の昼間に起こった全部です。他に新たにわかった事実はありません。純也とあゆみちゃんに大学内で薬物云々の事件がなかったかどうかも調べてもらいましたが、少なくとも訊いた範囲ではそういう噂はなかった」

甲賀さんが頷く。

「甲賀さんの方で何かわかったことはありましたか?」

唇を少し噛んで、首を横に振った。

「ありませんでした。ただ、松木孝輔の〈実業組〉と対立する之本組の動きが何やら怪しいという話は出てきました」

「怪しいっていうのは?」

純也が訊いた。

「具体的にどうこうではないようですが、ひょっとしたら対立が激化するかもしれないという話です。どうやら〈実業組〉は上の組から何かを求められているようなんです」

「さっさとシマを奪えとかそういうこと?」

甲賀さんが頷いた。

「そういう様なことです」

うん、と皆が頷いた。あゆみちゃんに撫でられているクロスケが、嬉しそうに喉を鳴らしている。

「整理しましょう」

コーヒーを一口飲んだ。

「三栖さんは、梨香ちゃんの部屋にいます。間違いないと思います。じゃあ、どうしてそこにいるのか。何の連絡も寄越さずに失踪したかのようになっているのか。同時に何故梨香ちゃんは大学を休んで一緒にそこにいるのか」

理由はわからないけれど、その要因になっているのは。

「梨香ちゃんの父親であり、三栖さんの親友でもある松木孝輔。彼が全てを握っていると思われます。さらには」

机の上のコピー用紙を指さした。

「そこには、梨香ちゃんの元彼氏である片岡くんも何らかの形で関わっている。そうして松木孝輔は、何らかの理由で、僕に、何かをさせようとしている」

皆を見回した。

「ここまでは間違いないと思うんですが、どうでしょうか甲賀さん」

大きく頷いた。

「私も、そう思います」

純也もあゆみちゃんも、丼下さんも頷いた。

「一歩も二歩も前進したのは明らかだと思うんですが」

「何一つわからないのは変わってないってことさね。結局わかったのは三栖の旦那が無事でいることと、どこにいるかってことだけ」

「それだけでも凄いさ。解決策が考えられる」

「そうなんだ」

煙草に火を点けた。

「甲賀さん」

「はい」

「これだけで、たとえば梨香ちゃんの部屋に警察が家宅捜索に入ることは可能ですか?」

甲賀さんが、少し首を傾げた。

「不可能ではないと思います。何といっても暴力団である〈実業組〉が関わっていることは明白のようですから、多少強引かもしれませんが、三栖警部が行方不明であることを明らかにすれば、GOサインは出るはずです」

「でも、だよね? ダイちゃん。そんな簡単に事は運べないよね?」

丹下さんに言われて、煙を吐きながら頷いた。

「そうなんです。僕の勘でしかないのが弱いところなんですが、三栖さんは梨香ちゃんの部屋にいます。しかも自由に動けるはずです。最初に行ったときに見た男の影はおそらく三栖さんだったんでしょう」

「そこだよね」

純也が言う。

「〈どうして三栖さんは動けるのに、行方不明のままでいるのか〉ってことでしょ?」

「そうなんだ。それはつまり、三栖さんは、動けるのに動けない状態でいるってことに繋がる」

甲賀さんが顔を上げた。

「脅迫、ですか」

皆が、ぴくっと身体を動かした。

「そうです」

そうとしか思えない。

「三栖さんは、脅迫されている。あの三栖さんが動けないのだから、誰かを殺すとまで言われているのかもしれない。それも三栖さんにとって大事な人です。悪く言うつもりはありませんが、あの人は冷酷なところもある人です。悪党を逮捕するためだったら多少の犠牲はやむをえない、なんて考えています。だから」

「よっぽどの脅迫ってことだね」

丹下さんが、顰め面をする。

「元奥さんか、息子さんか」

純也が言うと、丹下さんが頷いた。

「それもそうだし、ひょっとしたらあたしら全員かもしれないよ。なんといっても監視されてるのは明白なんだからさ」

「うーん、それもあるか。っていうかその確率の方が高いか」

純也が腕を組んだ。

「そもそも松木が甲賀さんを通じてオレらを巻き込んだのは、そのためってことも考えられるのか」

「そうだな」

それで、三栖さんは動けなくなっている。松木の指示で、それが何のためかはわからないけど、梨香ちゃんの部屋にいる。

「でも、そうなると松木は自分の娘も巻き込んでるってことになるよね。それってまた矛盾してない？」

「そういうことになりますよね」

甲賀さんが、顔を顰めて首を捻って言った。

「考えれば考えるほどわからなくなってきます。松木が何を考えて動いているのか。何をどう結びつけても矛盾して、こんがらがって来ます」

「そうだね」

丹下さんも溜息をついた。

「イヤな感じだね。どこをどう突破すれば解決の糸口が摑めるのかさっぱりわからないじゃないか」

　純也が立ち上がってカウンターまで行って、Ａ４のレポート用紙を持ってきた。椅子に座ってマジックペンを持ち、何かを書き出す。

「松木と、三栖さんと、七尾さん」

　名前を書いていく。

「梨香ちゃんは松木と七尾さんの娘さんで、あゆみちゃんの親友」

　相関図を書きだしたのか。

「ダイさんは三栖さんとここで一緒に暮らしていて、オレたちは店の常連。そして、梨香ちゃんの大学関係者として元彼氏の片岡くんと非常勤講師の芝田久志、と。舞台に上がってるのは今のところこれだけだよね」

「そうだな」

　きっと純也の仕事の仕方なのだろう。ゲームのプランナーでもありシナリオライターでもあるのだから、こうやって何かを組み立てていくんだろう。誰にでもできることじゃない。物語を組み立てていくにはたくさんの物事を知っていなきゃならないだろう。純也は、悪ガキではあったのだけど、人一倍小説や漫画や映画が好きだった。そういうものに触れる中で様々な知識も得ていったんだろう。

　あゆみちゃんが、眉間に皺を寄せて相関図を眺めている。

「片岡さんと別れたのは最近だって言ってました」

「最近というのは?」

少し首を傾げる。

「私が訊いたのは、二ヶ月ぐらい前です。理由を訊いても何も言わないで、ただダメになったんだって」

「ダメになった」

大学生ぐらいの男女がくっついたり離れたりするのは、日常茶飯事だろう。私の時代でもそうだったんだから、今でも変わらないはずだ。

そう考えたときに、何かが頭をかすめた。

「そうか」

思わず相関図の梨香ちゃんを指差した。

「梨香ちゃんか」

「え?」

皆が相関図を見てから、私を見た。

「梨香ちゃんは、松木さんの娘だ。三栖さんからすると、親友の娘だ」

「そうだよ?」

今更何を言う、という表情で純也が言う。

「動機だ」

「動機？」

「何のために人は動くか、という動機」

皆がわからない、と顔を顰める。首を捻る。

「誰のために、だ。ここに二人の男がいる。松木さんと三栖さん。二人は親友なんだ。今は刑事とヤクザという対立する場所に立ってしまっているけれども、大事な、大切な友人。松木さんが三栖さんを拉致するはずがない。三栖さんを脅迫なんてするはずがない。そんなことをしなくても、三栖さんは、大切な友人の娘のためなら自分の命だって捨てるだろう。あの人は、そういう人だ」

冷酷かもしれないけれど、自分の大切なものを守るためなら何もかも捨てる覚悟だって持てる。

「え？　ということは？」

純也が言う。

「真ん中にいるのは、梨香ちゃんってこと？」

「そうだ」

そこに視点を置けばいい。

「そうすれば、全ての矛盾が解決される。松木さんと三栖さん、どちらも力を持った男だ。三栖さんは刑事なのにその力を行使しようとしないで行方不明になっている。松木さんは暴力団の組長であるのにその力を使わないで遠回しに僕らに何かを伝えてきた、訴えている。つまり、どちらも力を使えない状況に追い込まれているんだ。それは」

相関図の梨香ちゃんを指差した。

「彼女を、守るためだ。彼女を何かから守るために力を使えないでいるんだ」

「何か」

そこまで自分で言った途端にそれがひらめいた。

「薬物」

「薬物？」

皆を見回した。

「最初からそう話していたよな？　三栖さんが僕らに何かを託すとしたら、その根底にあるのは薬物の事件じゃないかって。僕らが動くとしたらその方向性しかないって。だから橋爪さんまで呼んで考えた」

「そうだね」

純也は頷く。

「甲賀さん」

「はい」

テーブルの上にあったコピー用紙を入れたファイルを持ち上げた。

「昔の話ですが、ＬＳＤを液体にして紙に染み込ませ、小さな紙片の形で舌の上に乗せて摂取するという方法がありました。それは今でもありますか？　合成麻薬とかでも可能ですか？」

甲賀さんの身体が大きく動いた。私の手からファイルを取った。

「あります！」

これが、と、コピー用紙を見つめた。

「図書館の本に挟まっていたコピー用紙、という何の違和感もない状況だったのでそんなことは露程も考えなかった。でも、もしも、片岡という梨香ちゃんの元彼氏が、学生の間に広まる合成麻薬の元締めだとしたら？　彼が図書館という舞台でその取引をしていたとしたら？　それを実業組ではない暴力団が自分のものにしようとしたら？　警察がその犯罪に気づいたのなら？」

皆の眼が、丸くなって背筋が伸びた。

「ひょっとしたら三栖さんと松木さんは、梨香ちゃんを背中に守って、四面楚歌の状態になっているのかもしれない」

8

「四面楚歌って？」

純也がその言葉を繰り返した。

「いや」

自分で言っておいて、それは少しニュアンスが違うと感じた。

「違うな。四面楚歌じゃないんだ。二人で梨香ちゃんを何かから守るために力を行使できない状態に追い込まれているってことはないか。現に三栖さんは梨香ちゃんと一緒にいるんだし、松木さんはこの店に現れているってことは自由に動けるんだ。そこは違うか」

考えた。

「じゃあ、三すくみの状態になっているのかな？　三者三様の理由で、それぞれに動けなくなってしまっている」

「ヘビとカエルとナメクジ？」

あゆみちゃんがそう言って首を傾げて、丹下さんが言う。

「誰がヘビで誰がカエルで、誰がナメクジだい」

皆が私の方を見た。何かが揃《そろ》った気がしている。だけど、どう並べ替えて揃え直せばいいのかを整理しなきゃいけないのか。

「つまり、こうかい？　ダイさん」

純也がレポート用紙に書き込み始めた。

「梨香ちゃんの元彼氏の片岡は、昔のハッシーさんみたいに学生なのにクスリの元締めをやっていた。梨香ちゃんはそれを知らないで付き合っていた。三栖さんは学生の間にはびこるクスリ、合成麻薬の捜査をしていて片岡の存在に気づいたら、そこにはなんと親友の娘の梨香ちゃんが恋人としていた。さらに、松木もなんかの関係で、たぶんヤクザとしての商売の関係で片岡の存在に気づいて」

そこまで一気に言って、純也は言葉を切った。切って、手も止まって、そして首を捻った。

「うーんと、そこから進まないか。止まっちゃうかな。三すくみ、つまり誰も動けない今の状態にするのには、何か要素が足りない？」

「そうだな」

そこまではいいと思うけど、まだ足りない。

現に、三栖さんは行方不明になっていて動こうとしていない。松木さんは謎のメッセージを送ってくるだけで動かない。梨香ちゃんは三栖さんと一緒にいて、あの図書カードだけをドアポストから落としてきた。どの条件を当てはめても、三人が動きが取れなくなっている原因がまったく見えてこない。

「ちょっと待って。甲賀さん」

「はい」

少し背筋を伸ばしてこっちを見た。

「対抗する暴力団が、たとえば実業組が隣りの組のシマを奪うというのは具体的にどうやるんですか？　僕たちには映画で観るような殺し合いの感覚しかないんですけど」

こくん、と頷いた。

「それも確かにあります。いちばん手っ取り早いのは相手の組の頭を殺してしまうことですから。でも、そうすると当然ですが警察が介入してきます」

「だよね。で、適当な若いのをスケープゴートに仕立てて、そいつを刑務所に行かすんでしょ？」

純也が言うと甲賀さんが頷いた。

「そういうことです。映画でもよくありますけど、実際に行われているから映画にもなります。ただこれは、裏で全部絵が描かれていることがほとんどです」

「絵って？」

　純也が訊いた。

「つまり、その組の若頭《わかがしら》なりなんなり、力を持った人間をあらかじめ取り込んでおくんです。そうして組長を殺す。殺したところに乗り込んで行ってその若頭なりと、取り決めを行うんです。今後はお前が仕切るんだろうからうまくやれ、と」

「なるほど」

　丹下さんが頷いた。

「実質、組はそのままなんだけど実権は相手方に渡るってわけだね？」

「そうです。ただこれはとても危険です。下手すると相手方の親なりなんなりと全面抗争になってしまいます。暴力団だって何も血に飢えた殺人鬼ばかりじゃありません。小《こ》競《ぜ》り合いはともかく、大きな切った張ったはできるだけ避けたいんです。おかしな言い方ですが社会的にも」

　純也がニヤッと笑った。

「反社会的組織のはずなのに、社会的にうまく残って行かなきゃならないんだからね」

「そうなんです。暴力団といえども今の社会のシステムの中で生きていかなきゃならない組織です。できるだけうまく立ち回らなきゃなりません。ですからシマを奪うというのも経済的に考えるのが一般的です」

「経済的にってのはつまり、商売ってこと？」

純也に訊かれてそうです、と甲賀さんは頷いた。

「その土地で実入りのいい商売を手に入れた暴力団は、そこに根を張ります。そしてその商売をさらに大きくしようと思います。そして、これは一般的な会社も同じですけど、会社が大きくなれば人員もさらに必要になってきます」

「ってことは、社員募集？」

「はい」

甲賀さんが続ける。

「暴力団の下の人間はいつも苦労しています。端的に言うと貧乏なんです。だから女に働かせるんですね。そこに、対抗する組織であろうと金になるからうちに来ないかとなれば、簡単に心は動きます。盃を交わした親分に仁義を通すなんて、それこそ映画の中だけの話です」

「なるほどね」

丹下さんが頷いた。

「そうやって下から切り崩していけば、組織は崩壊。頭も簡単に取れる、と」

「そういうことです」

知らない世界の話は、意外と俗っぽいというかあたりまえのことだった。

「そこかな」

言うと、皆が首を傾げた。

「そこって？」

純也が訊いた。

「松木さんの実業組は、上からせっつかれてるって言ってましたね？　対立する組のシマを奪えと」

「はい」

「奪うためには、実力行使か、あるいは経済的に優位に立たないとならない。でも、これはどこの世界でもそうだと思いますけどうまい儲け話がそうそう転がっているはずもない。だから、松木さんの組もいつまでも下っ端になっている。そんな感じでしょうか」

「そうだと思います」

「なーるほどね」

純也がパチンと指を鳴らして、レポート用紙に何かを書き出した。

「松木の実業組はさ、貧乏だ。それは、クスリに手を出していないからじゃないかって話があったよね？」

矢印が書き込まれる。

「そして何でかっていうと、ひょっとしたら、三栖さんのせいじゃないかとも話したよね。親友なのに刑事とヤクザの間柄。三栖さんがいるから松木は薬物に手を出せなかった、あるいは出していなかった。そしてこの」

図書館で手に入れた、コピー用紙を示した。

「紙が本当に合成麻薬で、梨香ちゃんの元彼氏の片岡が元締めなんだとしたら」

さらに矢印を書く。

「儲け話をベースにして、松木、三栖さん、片岡の間で三すくみの状態が生まれるかもしれないんだ。松木と三栖さんの間柄は親友、松木と片岡の間には梨香ちゃん、そして三栖さんと片岡の間にも梨香ちゃん」

「そうなんだ」

ただ、それがどういう三すくみなのかは、まだ見えない。

「そもそもが、これに本当にクスリが染み込まされてるとしてさ」

純也がコピー用紙を挟んだファイルを持った。

「このコピー用紙を発見したのは、梨香ちゃんが図書カードを渡してくれたからだよね。そこに三栖さんがいたってことは、三栖さんは片岡の犯罪に気づいている。それなのに、片岡はまだ元締めをやってるってことだよね。つまり、松木はわかんないけど三栖さんはまったく片岡に手を出していないって証拠。そんなのありえないよね？　あの人だったらすぐに片岡を捕まえるでしょ。何か理由があって泳がせているってこともあるかもしれないけど、泳がせているんだったらオレたちにこんな証拠を摑ませるはずがない」

「そうなるな」

「では、三栖さんがそうやって動けないで梨香と一緒にいるというのは、どういう状況なんでしょうね？」

　あゆみちゃんが言った。

「もし、その〈三すくみ〉という状況であると仮定したとして、刑事である三栖さんが動けないというのは、泳がせているんじゃなくて、何かの理由で片岡さんを逮捕できないってことですよね。その理由とはなんでしょう」

「うーん」

　純也と丹下さんが唸《うな》った。甲賀さんも首を捻る。

「親友の娘の彼氏がそうだからといって逮捕できないってわけにはならないよね。むしろ積極的に逮捕して、無事で良かったなって話だよね」

「そうさね」

　純也が言って丹下さんが頷いてからあゆみちゃんに向かった。

「その梨香ちゃんはさ、あゆみちゃん」

「はい」

「こんなふうに言っちゃ悪いけど、その片岡がクスリの元締めやっていたとして、一緒に関わっていたってことはないんだろうね？」

あゆみちゃんの眉間に皺が寄った。

「ないと思います。そんな子じゃありません。もちろん、自分でクスリをやっているなんてこともありません。あったら、私は気づくはずです」

その言葉に皆が頷いた。頷いたけれども、あゆみちゃんを信用してあげたいのは山々だが、その可能性は捨て切れないと純也も丹下さんも考えたはずだ。

私のことがあったから。あのとき、私は恋人である夏乃のそれに気づけなかったのだ。

「あゆみちゃんには悪いけど」

一応、前置きした。彼女も私の昔の事件の顚末はもう知っている。

「仮に、梨香ちゃんが既に片岡に巻き込まれていたとしても、クスリを使っていたとしても、そのことが三栖さんが片岡を逮捕できない理由にはならない」

そう言うと、甲賀さんも頷いた。

「じゃあ、三栖さんが動けない理由は相変わらずわからない、ってなるね。そこさえわかりゃあどうとでもなりそうなのにな」

純也が言いながらメモを書いた。

「次は松木だね。松木は片岡が元締めだったことに気づいたとしようよ。こりゃあいいや俺が全部奪ってやろうと考えたとして、片岡の恋人が自分の娘だってことを知ったとするね。でも、これも動けなくなる理由にはならないよね。お前は何をやっているんだ、と。自分のことは棚に上げてタチの悪い男に引っ掛かるんじゃないよって言えば済むことだろ？　一応親なんだからさ」

「そうだな」

「そういうこったね。梨香ちゃんにしたって、仮に今まで自分の彼氏がやっていたことに気づいたとしても、実際別れたってあゆみちゃんに言ってるんだからそれで終わりじゃないか。それなのに、急に学校を休んで三栖の旦那と閉じ籠っているっていうのは？」

　丹下さんは肩を竦めた。

「さっぱり理由がわからないね。ダイちゃんダメじゃないかい？　三すくみにはならないんじゃないかね？」

「松木と三栖さんが対決してるって構図かな？　その真ん中に梨香ちゃんがいる、ってのも合わないか。三栖さんにしてみれば片岡を逮捕すればいいだけだよね？　まさかだろうけど、梨香ちゃんも逮捕しなきゃならなくてそれで迷ってるとか？」

　純也はそう言ってから、ごめんね、という感じであゆみちゃんに軽く手を上げた。あゆみちゃんも真剣な顔で頷いた。あくまでも仮定の話だ。そんなことで怒ったりはしない。

「違うだろうね」

丹下さんが言う。

「仮に松木が自分の娘は逮捕させない、って頑張ってるんだとしても、現に三栖の旦那が梨香ちゃんと一緒にいるんだからね。矛盾するよ」

「そうだよなー」

純也が伸びをするようにして天井を見上げた。

「もうひとつ、でしょうか」

甲賀さんだ。

「もうひとつ、というのは?」

「弓島さんのおっしゃったように、実業組の親である組か、あるいは対抗する組。それが絡んできているとするなら、三栖さんと松木が動けなくなる理由になるでしょうか」

「もうひとつの勢力か」

考える。

これは、クスリを巡る暴力団同士の駆け引きなのか? それに三栖さんは巻き込まれて動きが取れなくなったのか?

「駄目だね」

「ダメじゃんね」

私と純也が同時に言った。

「どう考えても、三栖さんが暴力団に対して、麻薬絡みの事件で動けなくなるなんてことは考えられない。あの人なら、刑事として動くはずだ。仮に」

皆を見回した。

「ここにいる皆を人質にされたとしよう。あるいはお前が動いたら身内を殺す、なんて脅されたとしよう。だったらなおさらあの人は動くと思う。暴力団員を全員ぶち殺してでも僕たちを守ろうとするはずだ」

「そうだよね」

皆が、大きく息を吐いた。あの人は、そういう人だ。

「結局堂々巡りで終わっちゃうかー」

純也が言う。

「新しい事実がたっぷり出て来たのに、かえって混乱するだけかー。これさぁダイさん」

「なんだ」

「もうさ、強行突破するしかないんじゃないの？　梨香ちゃんの部屋に行って無理矢理ドアを開けて二人に『何やってるんだ！』ってさぁ」

「そうしたいのは皆同じさね。それをやったらきっと拙いからこうして頭捻ってるんじゃないか」

丹下さんが言ったら、何故かクロスケが、にゃあーん、と長く鳴いた。膝の上に乗せていたあゆみちゃんがクロスケを撫でる。

撫でながら、ふいに顔を上げた。

「ダイさん」

「うん？」

「メールです」

「メール？」

あゆみちゃんが、甲賀さんを見た。

「甲賀さんの携帯に来た、二通目のメール。〈ダイへ。淳平たちは元気か〉って、松木さんと三栖さんが親友だったという事実へのヒントだって捉えましたよね、私たち」

「そうだね」

「そこに、何かあるんじゃないでしょうか。三栖さんが動けない理由」

皆が、首を傾げた。あゆみちゃんが続けた。

「三栖さん、松木さんとのことをダイさんに言ったんですよね？〈若き日の、悔いだ。

いまだにどっかに棘になって刺さっている〉って。それはつまり若い頃に三栖さんと松木さんの間で何かがあって、松木さんに対する負い目とか、借りとかがあって、三栖さんは今、この事件で、それを返そうとしているんじゃないでしょうか」

思わず眼を丸くしてしまった。

借りを返す。

「それだ！」

純也が叫んだ。

「それなら、三栖さんが動かないのが、動けないのが納得できるよダイさん！」

私も、強く頷いた。

「何かが、あった」

大学時代に一緒にイベントなどもやったと言っていた。

そこで、何かがあって、道が分かれた二人。

それも、刑事と暴力団という両極端に。

「人生を賭けてでも、松木さんには返さなきゃならない借りがあると三栖さんが思っているのなら、そして三栖さんが動かないことでその借りを返せると判断したのなら」

納得できる。

丹下さんも顰め面をしながら腕組みをして、大きく頷いた。

「あの旦那なら、考えられるね」

「そして、だよ丹下さん」

メールを出したのは誰か？　とずっと皆が疑問に思っていた。

「三栖さんじゃないのは明らかで、松木さんじゃないかって話していた。やっぱりそれが正解なんだ。三栖さんは、借りを返すために動かないと決めて何らかの理由で梨香ちゃんと一緒にいる。松木さんは、それを良しとしないけど自分でも何らかの理由で動けないので、つまり三栖さんのその決意を翻《ひるがえ》させるために、僕たちに〈動け〉とメールを寄越したんだ」

それならば、三すくみが成立する。

「自分が動かないことで、松木さんに借りを返せると思っている三栖さん」

純也が言った。

「同じように、自分が動かないことで、三栖さんの借りを返すという行為を止めさせようとしている松木」

甲賀さんが言う。

「梨香は、その間に挟まれて、自分が何かをするととんでもないことになるので、あるいは何もできないので、三栖さんと一緒にいるしかないっていう状況だと言うんですね」

あゆみちゃんが続けて言った。

「でも、ダイさん」

あゆみちゃんの顔が、心配そうに歪む。

「うん、そうだ。借りを返すというのはどういうことか?」

甲賀さんも、眉を顰めた。

「今まで集めた事実から、そして想像したことから考えるのなら、〈クスリ〉に関する片岡の件を探らないことで、松木さんの組に利益をもたらす。つまり、上からせっつかれている実業組を守ることだ。それで借りを返せると考えているんじゃないか。流れから言うとそうなる。でも、あの三栖さんなんだ。クスリ絡みの事件を追わないはずがない。暴力団の薬物犯罪をみすみす見逃すなんてことをするはずがない。たとえ、親友に借りを返すのだとしても、それを見逃すことで多くの人が犠牲になるんだ。そんなのを許すはずがない」

「そうだよね。ってことはさ」

純也が言って、その後をあゆみちゃんが継いだ。

「ダイさん、さっき言いましたよね」

あゆみちゃんが泣きそうな顔をしている。

「〈三栖さんは、大切な友人の娘のためなら自分の命だって捨てるだろう〉って」

言った。

「もし、もしも、三栖さんは自分が動かないことで、松木さんの組に何らかの利益が出てそれで抗争に決着をつけられるとしたら？　つまりその結果としては、自分は死ぬかもしれないけどそれでもいいと思ってるとしたら？　刑事としての責任を、見逃してしまう自分の罪を、自分の死で贖《あがな》おうとしているのだったら」

パン！　と大きな音がする。純也が手を打ったんだ。

「わかった！　三栖さんも、松木も、お互いにお互いのために死のうとしてるんだ！」

甲賀さんが、驚いたように背筋を伸ばして私を見た。

「それしかない、か」

言うと、純也が続けた。

「三栖さんは何かの借りを返すために。でも松木はそれを良しとしないで、自分が代わりに死ぬために。そして、松木は自分が三栖さんの意図を無視することによって、つまり動かないことによって梨香ちゃんの身にまで危険が迫るから、オレたちに何とかしてくれって合図を寄越した！　これでどうだいダイさん！」

「第三の勢力か」

実業組と相対する他の暴力団。

「それが、この事件に絡んでいる。たぶん、松木さんは相当に追い込まれている。命を落としかねないほどに。でも、三栖さんが自分の命を懸《か》けて片岡を見逃すことによって、実業組に利益をもたらすことになり盛り返してシマを広げられる。松木さんの命も助かるし親にメンツも立つ。でも、松木さんは自分の親友を死なせたくはない。けれども、いろんな柵《さく》があって、何らかの理由があって、自分から動いて三栖さんを助けられない。ひょっとしたらそれが梨香ちゃんなのかもしれない。だから」

「オレたちに動け、と言ってきた。三栖さんの携帯を使って」

純也が言った。

皆が、それぞれに考え込んだ。

「今までの考えの中でいちばんしっくり来たね」

丹下さんがそう言って大きく頷いた。

「そういうことなら、三栖の旦那が動かないのも、松木がここにやってきたのも、全部が頷けるよ」

二人は、命を懸けて、沈黙をしている。

その沈黙を破ってほしいと、松木さんは私たちに言ってきた。

三栖さんの、言ってみれば今の仲間に。

かつての自分たちのような仲間である私たちに。

クロスケが、急にあゆみちゃんの膝の上で動いて、伸びをした。それからひょいとテーブルの上に乗って、ちょこんと座って私を見た。

さぁ、どうするの？　とでも言いたげに。

甲賀さんが、背筋を伸ばすようにした。

「やはり、上に報告した方がいいですね」

「何で」

純也が言うと、甲賀さんは唇を一度引き締めた。

「今の話は腑《ふ》に落ちました。私もそういうことじゃないかと思います。この状況を考えるとそれしかないような気がします。だとしたら、実業組と今抗争を仕掛け合っている之本組が陰で動いていることになります。そんな中に、もうこれ以上一般人である皆さんを引き込むわけにはいきません。それは」

皆を見回した。

「決して、三栖警部の本意ではないはずです。あくまでもこれは、松木が持ちかけてきたことです。弓島さんたちを危険な目にあわせるわけにはいきません。帰ってすぐに上司に報告して、三栖警部を救い出す手配をしてもらいます」

甲賀さんが立ち上がった。立ち上がって、頭を下げた。

「ご迷惑をお掛けして、申し訳ありませんでした」

「待ってください」

甲賀さんが顔を上げた。

「違いますよ甲賀さん」

「何が、ですか」

「三栖さんの本意かもしれません」

眼を細くして私を見た。

「どうしてですか」

「図書カードですよ。あれを渡したんですよ、梨香ちゃんは。その場には三栖さんがいたはずです。三栖さんも、松木が僕たちにメッセージを寄越しているのを察しているはずです。だからヒントをくれたんです。つまり、この事件は」

「オレたちが、解決できると三栖さんは踏んでるんだ」

純也が、拳《こぶし》を握って甲賀さんに向けた。甲賀さんは、今にも泣きそうな表情を見せた。

「でも、どうやって」

「わかりません」

本音だ。どうすれば何事もなくこれを終わらせられるのかさっぱりだ。

「まだ、わかっていない部分がたくさんあるんでしょう。それを調べましょう。今までは雲を摑むようなことばかりだった。でも、はっきりとした道筋がこれで見えた。これしかないような気がします。そうなれば、今度はこっちから仕掛けられます」

「仕掛けるって」

甲賀さんが訊いて、丹下さんが頷いた。

「わかったよ。ダイちゃん、松木に会いに行くんだね」

「そうです」

それともう一人。

「松木さんの奥さんであり、梨香ちゃんの母親であり、同時に三栖さんの親友。七尾美知子さんに会いに行くんです」

彼女が、鍵を握っているのかもしれない。

「何故なら、三栖さん、松木さん、梨香ちゃん。全ての登場人物に繋がっているのにもかかわらずに、彼女だけが何も知らない様だったんです。そこに何かが眠っているのかもしれません」

それに、彼女は知っているはずだ。

三栖さんと松木さんの間に何があったのか。

何が、二人の歩く道を分けたのか。

＊

朝の七時。またいつもより少し早い時間に二階から降りてきて店を開けた。クロスケも一緒に階段を降りてきて、店の中を歩き回ってから、カウンターの上に飛び乗る。

「はい、朝ご飯」

皿に餌《えさ》を載せると、うにゃうにゃ言いながらクロスケは食べる。人間用の朝ご飯の準備を始めると、店のドアが開いた。

「おはよっす」

「おはよう」

まだ眠そうな顔の純也が入ってくる。

「卵、スクランブルにして」

「了解」

スツールに腰掛けて、クロスケがご飯を食べているところにちょっかいをかける。クロスケは意に介せずご飯を食べる。

お湯が沸いたときに、またドアが開いた。

「おはようございます」

「おはよう」

あゆみちゃんが、笑顔で入ってくる。その後ろから丹下さんの大きな身体が現われる。

「そこで会ったよ」

丹下さんが言うと、ドアのところに橋爪さんの姿も見えた。

「おはようございます」

いつものように、律義に立ち止まって頭を下げる。

「おはようございます。済みません、朝早くから」

「いいえ」

でも、硬い表情の中に少しだけ柔らかさが混じったような気がする。純也がいつものようにハッシーさんと呼ぶと、少し笑みを見せる。

「手伝います」

「ありがとう」

あゆみちゃんがカウンターの中に入ってきて、エプロンを付け、トーストの用意をしてから皿を並べていく。丹下さんはのんびりとコップに水を入れて飲んでいる。あゆみちゃんがカウンターに入ったときにはいつもそうやって任せようとしている。二人で仕事しているのを見て愉しむみたいに。

「丹下さん、コーヒー落としてよ」

「はいはい」

そう言って、にやにやしながら丹下さんがカウンターに入ってくるんだ。

スクランブルエッグにベーコン、そしてサラダ。トーストとコーヒーとヨーグルトのいつもの朝食。欲しい人はそれに牛乳や野菜ジュースも。ときには丹下さんが焼いたパンを食べるときもある。

純也は若いだけあってトーストを二枚焼いて、何もかもを挟んで豪快に食べる。あゆみちゃんはトーストの半分だけジャムを塗る。丹下さんはトーストの耳からちぎってそれを牛乳に浸《ひた》して食べていく。人それぞれの好みがあっておもしろいといつも思う。

コーヒーをもう一杯分落とす。そうして、煙草に火を点ける。丹下さんがロッド・スチュアートのCDをセットしてスイッチを押した。独特のハスキーボイスが流れ始める。

橋爪さんには昨日のうちに電話して説明しておいた。概《おおむ》ね、その通りではないかと頷いていた。

「甲賀さんには出勤して、之本組の情報をできるだけ調べてもらうようにした。いろんなことがわかり次第、仕事を抜け出して店に来てくれることになってる。重要な情報があったのなら、直接電話をくれる」

言うと、皆が頷いた。

「そっちはもう任せるしかないもんな」

純也が言う。

「純也は、片岡くんに接触する」

「オッケー。そしてオレは梨香ちゃんの今の彼氏って設定ね」

「それがいちばんリスクが少ないような気がするんだ」

梨香ちゃんは片岡くんと別れたと言っていた。それを信じて、今は純也と付き合っているることにする。

「そうして、片岡くんが本当にクスリの元締めをやっているのかを確認する」

「あのコピー用紙の検査結果は甲賀さんからわかり次第携帯にメールが来る、と」

そういう手筈《てはず》になっている。でも、そこがもし違っているのなら全ての仮説が崩れていってしまう。

「そうなったら、また純也は出直しだ」

「でもまぁ、単純に梨香ちゃんと最近連絡が取れないいんだけど何か知らないかってぐらいは探ってもいいよね。普通だよね?」

「いいんじゃないかね?」

丹下さんだ。

「最近の男どもは軟弱だからさ、それぐらいの心配をしてうろうろ歩き回ってもおかしいと思われないんだろ?」

「だね」

橋爪さんも頷いていた。あゆみちゃんが、純也の方を向いた。

「やっぱり、私も行った方がよくはないですか? 梨香のことを私が相談したっていうことにした方が自然ですし」

「そうだけどさあゆみちゃん。もしも片岡が元締めならさ、どんな連中が後ろにいるかわかんないんだ。何かあったときには、オレ一人の方がいい。あゆみちゃんを巻き込めないよ。ダイさんに心配掛けられないだろ？」

純也に言われて、少し下を向いた。

「ここであたしと待とう。あたしがいればまったく心配ないからね」

その通りだ。丹下さんと一緒にいる限り何の心配もない。老いたとはいっても、まだそこらの男たち四、五人を相手に立ち回りができる。

「僕と橋爪さんは、二人で〈セブンテール〉に行きましょう。済みませんが、付き合ってください」

「済まないなんて、とんでもないです」

橋爪さんが言った。

「来るなと言われても、行きます」

強く、頷いた。三栖さんに人生を救ってもらったといつも言っている橋爪さんだ。

「そこで七尾さんに話を聞く。今回のことを全部話してしまう。何といっても梨香ちゃんのお母さんなんだ。娘が巻き込まれている何かを知らないでいいはずがない。三栖さんと松木さんの間に何があったのかを教えてもらって、そして」

「松木を呼び出すんだね」

「そう」

貰った名刺を取り出した。

仮に、松木さんが誰かに監視されていて、三栖さんを救うためには動けないのだとしても、内縁の妻に呼び出されるのは話が別だろう。ひょっとしたら松木さんはこのときのために名刺を置いていったのかもしれないと思える。

そうじゃなきゃ、わざわざ顔を出して名刺を渡す意味がない。

「来てもらえたら、今回の真相が全部判明するはずだ」

「来なかったら。もしくは、何もわからなかったらどうするの？」

純也が訊いた。

「何もわからないはずがない。たぶん、僕たちがそこまで動いたのなら、事態も動くはずだ。そんな気がする」

それなんですが、と、橋爪さんが言った。

「昨日の話は、私も納得しました。そういうことなんだろうと思います。でも、皆さんも考えていると思いますし、甲賀さんもおっしゃっていたようですが、どうしても不安な大きな点があります」

私を見た。

「一体、何をすればこれが解決できるんでしょう。もちろん、三栖さんと松木の過去がわかったら見えてくるのかもしれません。七尾美知子さんに話を聞いたら新事実が見つかって解決法も見つかるのかもしれません。でも、現段階で、私にはこれは警察が介入する以外に解決策があるようには思えないんです」

橋爪さんの話に、あゆみちゃんも不安そうな表情で小さく頷いた。

「あのときのように」

一口コーヒーを飲んでから、橋爪さんが続けた。

「三栖さんが現れて、全ての真相を運んできてくれるわけではないのでしょう。皆さんの力を合わせてあゆみさんを救ったように、実力行使に出られるわけでもありません。もし、之本組が裏にいるのならむしろ逃げなければなりません。私たちは暴力団に対してまったくの無力です。八方塞《ふさ》がりにしか、私には思えないのですが」

もちろん、と、一度言葉を切った。

「今日、これから行うことは必要なことだと考えてます。ですが、七尾美知子さんが何らかの鍵を握っていたとしても、あの三栖さんが死を覚悟しているという時点で、私たちが解決できるような簡単なこととはどうしても思えないのです」

真っ直ぐにこっちを見た。

「私は、あなたに一生掛けて償《つぐな》いをすると決めています。弓島さんの代わりに死ななければならないのならば、死ぬ覚悟はあります。しかし、あなたを守るために準備できることがあるなら全てしておきたいのです。もし、もしもですが、三栖さんと弓島さんどちらかしか救えないというのなら、私は弓島さんを救います」

「橋爪さん」

「それは」

遮《さえぎ》るように、橋爪さんが言う。

「三栖さんとも、話したことです。もちろん普通の人生でそんな事に出くわすことはそうそうないでしょう。でも、もしもそんなことになったのならそうすると決めていたのです。三栖さんもそれはそうだ、と笑って言っていました。仮に、今がそのときなのだとしたのなら、私は三栖さんをこのまま見捨ててでも弓島さんを守ろうと思っています。ですから、勘でも良いのです。解決できるという何か確信のようなものがあるのなら教えてください」

真剣な、真摯な瞳。それを橋爪さんは私に向けている。そんな風に考えなくても、もういい、とは軽々しく言えない。

そういう決意が、今の橋爪さんの人生を支えているのだとしたら。

小さく息を吐いた。

自分の人生など、ちっぽけなものだと自覚している。このまま喫茶店店主として生きて、毎日をささやかに生きていければそれでいいと思ってる。でも、強い思いを抱いた人たちが周囲にいたのなら、抱いてくれる人がいるのなら、それに誠実に応えていくのも、自分にできることをするのも人生だと思ってる。

「本当に、勘でしかないんですが」

「はい」

橋爪さんが頷く。純也もあゆみちゃんも丹下さんも、少し身を乗り出した。

「梨香ちゃんです」

「梨香ちゃん？」

純也が繰り返した。

「この事件の裏には確かに暴力団の勢力争いがあるんでしょう。でもそれは、この事件がなくても続いていたものなんです。僕らみたいな無関係な人間が動いたところで何にもならないんです。でも、松木さんは僕らに託した。三栖さんも僕がマンションに行ったのに気づいているはずなのに何も言ってこない。僕らが動いているのを黙って見ている。つまり」

「暴力団の勢力争いは無関係ってこと？」

「無関係じゃない。今回の関係者の誰かが勢力争いの入口となる〈ドア〉だとしよう。三栖さんも松木さんもそのドアを開ける鍵を持っているんだ。でも、その鍵を使おうとしていない。放り投げて放置している。何故かというと、カードキーのようなものなのかもしれない。ある一定の条件を満たさないと、たとえば指紋認証のようなものがあって、決められた人間じゃないとそのカードキーを持ったとしてもドアは開けられないんだ。だから、放っておいても安心できる」

「そうか」

純也が言った。

「そのドアって、梨香ちゃん」

「そうだと思う」

最初から、そうだったんだ。何故三栖さんは失踪してまで梨香ちゃんと一緒にいるのか。

「彼女の存在自体が重要なんだと思う。昨日、『三栖さんと松木さんは、梨香ちゃんを背中に守って、四面楚歌の状態になっているのかもしれない』って言ったけど、四面楚歌って表現は間違っていると思うけど、梨香ちゃんを真ん中にして三栖さんと松木さんがいるのは間違いないんだ」

橋爪さんが、急に思いついたように身体を動かした。

「なるほど」

あゆみちゃんを見た。

「そのカードキーを使えるのは、ひょっとしたら」

あゆみちゃんが、眼を丸く、大きくさせた。

「そうなんじゃないかと、僕は思っています。この事件は、最初からそうだったんです」

根底にあるのは、この年になると口に出すのは正直恥ずかしい、〈友情〉だ。

「三栖さんと松木さんと七尾さん。僕と三栖さん。僕の大学時代の友人たち。そして、梨香ちゃんとあゆみちゃん。全部が、そこに繋《つな》がっています」

友を思う心が、扉を開ける鍵になっているのかもしれない。

「だとしたらそこに、警察なんかいらない。ヤクザも関係ない」

強い思いさえあれば、解決できるはず。

9

「あら」

いらっしゃいませ、を言おうと開けられた口がそのまま軽い驚きの声と、笑顔になった。

「おはようございます」

「いらっしゃいませ」

松木さんの内縁の妻、七尾美知子さん。私の後ろから店に入ってきた橋爪さんにも、軽く頭を下げて微笑む。

午前九時を回った時間。昨日来たときに開店時間は確かめてあった。午前七時からとなっていたので、住宅街にある店だから出勤や通学前に寄ってモーニングセットやコーヒーを飲んでいく人が多いのだろうと当たりはつけておいた。

だとすると、この時間は一息つける、ほとんど人のいない時間帯。そう思って来たのだけど正解だった。店内には他に誰もいない。

今度は素直にカウンターに向かった。二つしか椅子がなく、予備の折り畳んだスツールを合わせても三人で一杯になってしまう小さな、たぶん常連用のカウンター。

「弓島さん、でしたよね」

「そうです」

「すぐまた来ていただいて、ありがとうございます」

お冷やを出しながら美知子さんは微笑んだ。その笑顔は営業用ではなく親しみが込められていた。内縁の妻であるというプライベートなことまで話してしまった、親友の男性が一緒に暮らしている同業者だ。私も立場が逆なら、身内のような雰囲気で接するだろう。

できれば普通に、ただ遊びに来たかった。美知子さんの醸し出す雰囲気は、この店の空気を作っている彼女の人柄みたいなものは好ましいものだ。自分が店をやっていなければ、休みの度に訪れる常連になりたい気もする。

でも、そうはいかない。

「七尾さん」

他に客が来ないうちに切り出す。

「はい」

ニコッと微笑みながら美知子さんがこっちを見る。オーダーが何だろうと思っているのかもしれない。

「済みませんが、今日はお話があって来たのです」

「お話？」

まだ、笑みは消えない。

「松木さんと、三栖さん。そしてお嬢さんの梨香さんについての話です。できれば、一度店を閉めていただけると助かります」

ここで、初めて笑みが消えた。ほんの少しだけ眉間に皺が寄る。

「え?」

ここに至っては遠回しに言ってもしょうがない。何一つ隠さないで全部さらけ出そうと決めてきた。

「実は今、三栖さんが行方不明になっています。梨香さんが一緒に行動しているようで、そこに松木さんも絡んでいるようなのです」

松木が、と、小さく美知子さんが呟いた。

店を閉めなきゃならないほどの話とはなんだ、と訝《いぶか》しがられるかとも思ったが、そこは、そう言っては申し訳ないが暴力団組長を夫に持つ人なんだろう。

何も訊かずにすぐさま行灯をしまいに外に出て、扉に本日休業の札を下げて鍵を掛けた。そこまでは予想していたけど、窓のブラインドを全部下ろして照明まで最小限にしたのには少し驚いた。橋爪さんも、なるほどと感心したように小さく頷いていた。

ひょっとしたら、こういうことをしなきゃいけないようなトラブルは、日常茶飯事とまでは行かなくとも、以前にもあったのかもしれない。

そして、何も訊かずにそういう行動をしたという事自体が、やはり彼女は何も知らない事を語っている。

カウンターの中に回ってきた美知子さんから、笑顔は消えていた。けれどもそれは怒っているとか脅えているとかの表情ではない。どちらかと言えば、申し訳ないと思っているような雰囲気だ。

「コーヒー淹れる時間はありますよね？」

「そうですね。最初から説明しないとわからないでしょうから。お時間をいただきます。淹れながら聞いていただければ」

「じゃあ、落としますね。ブレンドでいいかしら？」

「お願いします」

そちらの方は？　と訊くように橋爪さんを見た。橋爪さんと私の関係を話すのにはまた別に時間が掛かる。

「橋爪と申します。以前、三栖さんにお世話になりました。もちろん、弓島さんにも。今回の事件に関わらせてもらったので、同行しました」

美知子さんが、こくんと頷く。

「七尾美知子です」

三栖さんに世話になった、と言うだけである程度は理解してもらえるだろう。今はそれで充分だ。美知子さんが滑《なめ》らかな動作でコーヒーをドリップする準備をしている。

「三栖さんの部下の方が、プライベートで僕の店を訪ねてきました」

そこから始めた。本当に最初から説明をするのにしばらく掛かった。きちんと理解できるように、急がずに、端折らずに、時系列の順に説明をした。

その間にコーヒーは落ちて、私も橋爪さんもそれをいただいた。煙草に火を点け、紫煙を流した。私が話している間、橋爪さんは改めて聞きながらも、外の様子にきっちり気を配っているようだった。

たぶん、私たちは尾行されている。あるいはこの店自体が見張られている。

昨日ここに来たときに私が車に轢かれそうになったのがそれを示している。もちろんそれは単なる警告か、あるいは何かを知らせるためだったろう。本気で怪我させようとか、殺そうと考えたわけじゃない。

だとしたら、ここを見張っているのは松木さんか、あるいはその手の者である確率は高い。私がこうしてもう一度訪れたことで、そして急に店を閉めたことで呼び出さなくても姿を現す可能性もあると思っていた。ひょっとしたらこの店自体に盗聴器を仕込んでいることも考えたけど、今さらそれは気にしてもしょうがないと思っていた。

美知子さんは自分の分のコーヒーも淹れて、カウンターの中に置かれた小さなスツールに座り、じっと私の顔を見詰めながら話を聞いていた。時折り、小さく頷きながら。

でも、決して口を挟まずに。

「これが、起こったことの、考えたことの全てです」

昨日、皆で話し合ったことまで全て伝えた。

だから、ここに来たのだと。

「ここに至っては、七尾さんの協力を仰ぐしかないと思いました。学生時代、三栖さんと松木さんの間に何があったのか。それを知っているであろうあなたに話を聞き、そして梨香さんの母親であるあなたに判断をしてもらおうと思ったのです」

美知子さんは、唇を真一文字に引き締めて、ゆっくりと頷いた。それから大きく息を吐き、立ち上がり、私たちに向かって頭を下げた。

「松木が、そして梨香がご迷惑をお掛けしました。申し訳ありません」

謝られることではない。けれども、妻として、母親としてはごく当然な行為だろう。まずはこちらも頷いておいた。

「弓島さん」

「はい」

「正直、私には何が起こっているのかまるでわかりません。どうしたら良いでしょう？梨香に電話を掛けてみますか？」

「最後に話をしたのはいつでしょうか」

橋爪さんが、そう訊いた。

「一週間ほど前だったと思います。いえ」

カウンターの上にあった小さなカレンダーを手に取った。

「正確には八日前ですね。定休日でしたから」

「そのときには、何も」

はい、と頷いた。

「いつもの様子でした。といっても、あの子はあまり電話とかしてきません。私が掛ければ普通に会話をしてくれますけど、向こうから掛かってくることはほとんどないんですよ」

学校で必要な、たとえば学費の振り込みとかそういう事務的なものは全部メールでやってくる、と美知子さんは言った。

「それは、失礼ですけど」

少し濁《にご》して訊くと頷いた。

「嫌っていますからね。ヤクザである父親と、その妻である私を」

表情を曇らせて、溜息をつく。

「でも、あの子ももう大人ですから。特に大学生になってからは、私に対しては態度をやわらげてくれています。反抗するとかそういう時期は過ぎました」

頷いてから、考える。

「その八日前に話したときには、何のおかしなところもない普通の様子だったのですね？」

「そうです。元気？　と話して、元気だよ、と」

橋爪さんを見た。

「美知子さんの話を聞く前に、可能性をひとつずつ当たってみましょうか」

「その方がいいと思います。美知子さんが電話をしたら、梨香さんが出てそれで何もかもわかるという可能性も捨て切れませんから」

美知子さんも頷いて、カウンターの上にあった携帯を持った。

「もし電話に出てくれたら、まずは何も訊かないでください。ごくあたりまえに、元気かどうか電話をしてみたという会話から始めてください」

「はい」

「それと、電話の向こうの様子に耳を澄ましてください。何も聞こえないか、あるいは何かの音がするか、など」

わかりました、と言って、美知子さんが携帯を操作する。耳に当てる。呼び出し音が鳴っているのだろう。美知子さんがときどき私の方を見ながら、ただ黙っている。

「出ません」

溜息をつきながら、携帯電話を耳から外す。期待はしていなかったが、これで可能性がひとつ消えた。

「話の中に出た、梨香さんの彼氏だったという片岡くんについてはどうでしょうか。何か知っていますか」

首を横に二度三度振った。

「彼氏がいる、という話は聞いたことがあります。でも、名前もどんな子かも教えてくれたことはありませんでした」

これで、二つの可能性が消えた。もちろん、美知子さんが真実を言っているという前提においてだが、嘘をついているとは思えなかった。

美知子さんから松木さんと三栖さんに何があったのかを訊く前に、最後の可能性を試してみることにした。

「松木さんに電話はできますか。つまり、普段でもこうした時間に何か用事で電話をすることはありますか」

少し考えた。

「こんな午前中に電話をすることはありませんね。そもそも電話をすることもほとんどありません。どこで何をやっているのかもわかりませんし」

「しかし」

橋爪さんが訊いた。

「電話をしても構わないのですよね？」

「それは」

もちろんです、と美知子さんが頷いた。

「内縁とはいえ、妻ですから。ごくたまにですけど向こうから電話を掛けてくることもあります。大体が『梨香はどうしてる』という電話ですけど」

それだ、と思った。

「最近ではいつ頃掛かってきましたか」

美知子さんもそれに気づいたらしく、表情が少し変わった。

「そういえば」

携帯電話を眺めながら、記憶を辿っているらしかった。

「お店の電話に掛けてきたんです。あれは」

またカレンダーを見る。

「そうです、四日前です。四日前のお店を閉める直前ですから、夜の十一時前に掛かってきました」

「普段と変わりないようにですか？」

こくん、と頷いた。

「調子はどうだ、から始まってお互いの体調とかお店の景気とかそんな話をしました。それから、梨香はどうしてるといつものように訊いてきました」

美知子さんがふいに何かに気づいたように、顔を動かした。

「三栖くんの話をしました！」

「三栖さんの？」

「そうです。『久しぶりに三栖に会った』と松木が言ったんです。私が『元気だった？』と尋ねると『変わらないよ、あいつは』って。いつものように嬉しそうに」

嬉しそうに？　そう訊くと美知子さんもほんの少し表情を崩した。

「あの人は、彼のことが大好きなんですよ。昔からです。どんなに怒っているときでも三栖くんのことが話題になると機嫌が良くなります」

「そうなんですか」

それほどまでの友情に結ばれた二人、ということか。

「その会ったというのは偶然とか用事があったとかという話はされたのですか」

橋爪さんが訊いた。美知子さんが、表情を引き締めて、小さく頷く。

「あの人は三栖くんに連絡を取ることは一切しません。自分の立場をわかっています。ですから久しぶりに会ったということは、本当に偶然バッタリ会ったのか彼から連絡があったのだと思いました。そのときには、三栖くんから連絡があったと言ってました」

「三栖さんから」

「何の用事があったの？　と訊くと大したことじゃないと。でも、そうやって言うときには大抵は三栖くんの仕事絡みです。あの人に何か忠告をしてきたんだと思います」

「忠告、ですか」

美知子さんが、私を見た。

「弓島さんたちが考えていたことは、おおよそ正解です。あの人が、松木のいる実業組が薬物に手を出さないのは、今まで出してこなかったのは三栖くんがいるからです。松木は決して自分からそちらに手は出しませんでしたし、仕方なく巻き込まれたときには必ず三栖くんが潰《つぶ》してきました。ですから、そのときもまた薬物関係の話なんだろうなぁと思っていました」

橋爪さんと顔を見合わせた。

「話したのはそれだけですか？」

「それだけです。いえ、三栖くんにはまだ彼女ができないのかとか、そういう普段からしている無駄話はしました」

美知子さんが、私と橋爪さんに、少しばかり笑みを向けた。

「暴力団というと本当に非道な人間の集まりのように思われるでしょうけど、確かにろくでもない人間ばかりなんですが、私と松木と三栖くんは同級生です。高校大学とごく普通の学生生活を送ってきた仲間なんです。その仲間の話をするんですから、その辺の雰囲気はわかってもらえますよね」

二人で頷いた。私は、淳平たちとのことを思い浮かべればいい。今はどんな立場であろうと、昔からのことを思い出せば一瞬でその頃に帰れるのだ。

美知子さんと松木も、今は暴力団組長とその内縁の妻というある意味では特殊な立場であろうと、三栖さんのことを話すときにはただの同級生に戻れるんだろう。そういう意味では、この二人の間にはいつも三栖さんの影があるのかもしれない。

「でも」

美知子さんが続けた。

「今考えると、電話で久しぶりに三栖くんと会ったという話をするのは珍しいことだったかもしれません。電話では、本当に何かの用事があればその話と、あとは梨香の話をするだけがほとんどですから」

「そうですか」

松木からここに電話が来たのは四日前。

三栖さんが失踪したのとほぼ時期が重なる。

「偶然ではなさそうですね」

橋爪さんが言うので頷いた。

「この失踪事件が起こる直前に二人は会っていたと考えた方がいいですね」

美知子さんの顔を見た。

「松木さんの携帯に、電話をしてもらっていいですか？　僕が店に来ていると。会いたがっていると」

頷いて、その表情が引き締まった。

「わかりました」

携帯電話の操作音が響く。美知子さんが、耳に携帯を当てる。呼び出し音が鳴っているのだろう。美知子さんが少し下唇を噛んだ。

美知子さんの身体が揺れた。

「もしもし？」

電話に出たのか。思わず私も橋爪さんも身を乗り出した。美知子さんが私たちを見る。

「え？　どなた？　あぁ」

美知子さんの身体から急速に何かが抜け落ちていった。

「お久しぶりね。元気だった？」

そう言いながら私たちに向かって首を二、三度小さく横に振った。電話に出たのは松木ではないということだろう。

「あの人は？　ええ、あぁそうなの。今は連絡は取れないのね？」

微かに、美知子さんの表情に不安を示すような影がよぎった。

「わかったわ。終わったら電話があったことを伝えてちょうだい。お店にいるからって」

ありがとうね、と最後に言って電話を切った。私たちに顔を向けて、眉を顰めた。

「上の方、つまり親に当たる組に呼ばれてそこの家に来ているんですって」

「携帯を持たずにですか？」

首を横に振った。

「たくさん幹部が集まる会だから、そういうときには誰も家の中に携帯を持ち込まないのよ。外に待たしている人間に預けておくの」

今、話したのも常に一緒にいる若い奴だと。

「そうですか」

「午前中からそんな会をやっているってことは、たぶん一年に一回はある定例の会ね。お昼ご飯も皆で食べるから時間が掛かると思うわ」

これで、電話を掛けることで何かが動く可能性があるものはとりあえず消えた。松木さんからの電話は待つしかないが。

「済みません、美知子さん」

「はい」

「大学時代に、いえ、過去に松木さんと三栖さんの間に何があったのでしょうか。それを教えていただけますか」

唇を一度噛んで、こくんと頷いた。煙草を一本取って、火を点けて煙を細く吐いた。

「高校二年生のときから、私と松木と三栖くんは同じクラスだったの」

でも、中学のときから松木と三栖くんは顔馴染みだったって。二人とも中学ではバスケ部だったのよ。それで試合なんかでしょっちゅう顔を合わせていたって。実際二人ともエース級の選手だったらしいわね。

＊

え？　ううん、高校では何故か二人ともバスケ部には入らなかったわね。松木は帰宅部だったし三栖くんは剣道部。そう、剣道部ね。後から聞いたけどその頃に三栖くんはもう将来警察官になろうって思っていたらしいの。それで、剣道か柔道の段を取ろうって考えていたのね。

その頃から、私たち三人とも仲が良かったわ。馬が合うっていうのかしら。男女のそれじゃなくて、とにかく考え方とかいろいろ合ったのね。

松木は、クラシック音楽が好きで、家でいろいろ作曲とか練習をやっていたみたい。ギターとかピアノとか。学校にはそういう部はなかったから一人でコツコツと。そう、あの人ね、地道なことが好きなのよ。得意なの。真面目な男なのよ。

真面目さや、俠気《きょうき》っていうのかしら。正義感も強いのは三栖くんじゃなくて松木の方だった。今から考えると警察官になった方が良かったのはむしろ松木の方だと思ってる。そういう性格の男なのよ。

真面目で、義理堅くて、侠気があって。

そうね、そういう意味ではヤクザっていう職業にはそういう男がなってしまうって一面もあるのかもしれないわね。

三栖くんは、松木よりずっとモテたわね。ムダに美しい顔をしていたし、女の子のファンも多かったわ。

でも、冷たい人だった。うん、その頃から。

悪口じゃないけど、あの人は自分が満足していればそれでいいってタイプの人なのよ。周囲の人がどうであろうと自分が良しとしたらそれだけでいい人。

ある意味では付き合うのには最悪の男かもしれないわね。

私は早い時期にそれがわかっていたから、恋愛感情を抱くことはなかったわ。

その代わり、友人としてはとてもいい人。気がつくし、行動がスマートだし、頭も良いし。自分が楽しいことを一緒に楽しがってくれる人に対してはどこまでも親切にしてくれるし。ほら、ゲームとかそうでしょ。あの人自分が好きなゲームをおもしろいって言ったらとことん教えてくれるでしょ？　そうそう、そんな感じなの。

あの二人は、どこでどう、親友になったのかな。

女の私にはわからない部分があるけど。

そうやって部活とかで忙しかったからそんなにつるんで遊ぶってことはなかったかな。

でも、受験のために引退した頃からね。

同じ大学を受けることがわかってからは、よく三人で勉強していた。

うん、そう、三人で。クラスで私たち三人だけだったの。あの大学を受験したのは。

松木の家に入り浸ってよく勉強したわ。

松木の家はね、母子家庭だったの。

でも、すごく大きな家に住んでいた。お父さんっていうのが会社の社長さんでね。もう亡くなられたんだけど、あの頃はけっこう大きな会社で儲かっていたのよ。でも、中学の時に離婚したのね。

それでも、たっぷりの慰謝料と養育費とその家を貰ったみたい。だから、豪邸といってもいいぐらいの家にお母さんと二人きりで住んでいたの。

でも、寂しい家庭だったわ。

環境のせいにするわけじゃないけど、もう少し家庭的な家だったら松木もあんな道に進まなかったんじゃないかって気がするわ。

お母さんは、松木を放っておきっぱなし。

料理なんかしないし、自分は若い男と遊んだり海外旅行に行ったりもうそりゃあ絵に描いたような放蕩ぶり。下手したら一ヶ月も二ヶ月も家に帰ってこなかったことがあったらしいわ。

そうよ、その間、松木は家で一人きり。

放任主義といえば聞こえはいいし、高校生の男の子だったらむしろ放っておかれた方がいいわよね。

でも、寂《さび》しかったのよ松木は。

もちろん、そんなこと自分じゃ言わないけれど私はそう思ってる。あの人は、父親からも母親からも捨てられた、じゃないかな？　どうでもいいと思われた。そんな風に感じていたんだと思う。

それで、グレていたら楽だったのにね。

わかりやすいでしょ？　その方が。自分の感情のはけ口もできるだろうし、暴れられるだろうし。それこそ家に悪い連中集めて好き放題やっていたら、また違っていたのかもね。

でも、あの人は真面目な人。正義感の強い人。

そんなふうに自分を捨て去ることはできなかったのね。

だから、夜中まで三人で松木の部屋で勉強していたわ。晩ご飯なんか出前で好きなものを頼んで。本当に真面目に勉強をしていた。そりゃあ息抜きにテレビを観たりはしたけれども。

あぁそうね。私と三栖くんがいたから、松木もグレたりはしなかったのかもしれない。

でもひょっとしたらだけど、私と三栖くんがいたから逆にあの人は不良になれなくて、苦しんだこともあったかもしれない。

そういう意味では、あの人の今を作ってしまった原因のひとつに、私もなっているのかもしれないわ。

うん、そんなことを考えたこともあった。

三栖くんも、そう考えているのかも。

大学には三人揃って無事に合格したわ。

楽しかった。振り返れば人生でいちばん楽しい時期だったかもしれない。

三栖くんは、急に明るくなったわね。ううん、元から暗い人ではなかったけれど、何というか、解放されたみたいに周囲の人を巻き込むようになっていった。そう、自分一人で楽しむんじゃなくてね。

松木もそれに引っ張られるように外向的になっていったわ。どんどん友達も増えていったし、遊ぶようになった。

そうよ、元々あの二人は頭が切れるのよ。勉強ができるって意味ではなく、いろんな面でね。普通のビジネスマンになったとしても出世したと思うわ。

三栖くんは、学生の仲間を集めて学内でいろんなイベントをやるようになっていったの。何が楽しかったのかしらね。最初はキャンプとかスキー大会とかそんな他愛もないようなことだったけど、その内に違う大学へも案内を出すようになって、ツアーイベントとかディスコイベントなんかも始め出した。ハンサムで明るくて社交的な三栖くんの周りにはたくさん人が集まってきたわ。松木は、いつも一緒にいて三栖くんをサポートする側に回っていた。

喜んでやっていたの。松木は本当に、三栖くんを手伝えるのが楽しくて、嬉しくて、しょうがなかったみたい。

自分にはないものを持ってる三栖くんと行動するのが、そして三栖くんが自分を頼りにしてくれるのが嬉しかったのねきっと。

大学二年になる頃には私はもう松木と恋人になっていたの。

あの人、酔うと言ってたわ。

俺は、三栖と一緒なら何でもできるって。あいつの手助けをすることが自分の生き甲斐みたいなことも話していた。

心酔、って言えばいいのかしら。

三栖くんは、ある種のカリスマ性も持っていたから。王の器《うつわ》って奴よね。

そして松木は、王を守る騎士のつもりでいたのよ。冗談抜きでね。だって大学に入ってからいきなりボクシングジムとかに通い出したのよ。身体を鍛《きた》えるのも自分には必要だとか言い出して。

けっこう強かったのよ。ジムの人にはプロになれって誘われたみたいだし。

うん。

トラブルね。そういうものがあったわ。三栖くんが〈悔い〉だと言うようなものは。

何だろうなぁ。どう言えばいいのかしら。

大学四年の春頃だったわね。

詳しいことは、私には教えてくれなかった。今でもわからない部分はたくさんあるわ。だから本当にそれが原因なのかどうかわからない。

その、三栖くんの言う〈悔い〉というのが本当にそれなのか。

あるイベントで違う大学の女の子を使ったらしいの。でも、その女の子がヤクザ者の情婦だったみたいね。

何らかのトラブルがあって、そのイベントは失敗して、損害を被《かぶ》ったの。大学生にしてはかなりキツイ金額だったみたい。

そう、借金を背負ったのよ。

三栖くんも松木も、それは自分のせいだって言ってる。周りにいた友人たちの話では松木の独断で失敗したって話が多かった。三栖くんが松木に何もかも押し付けたって話もあったけれど、それだけはないって私は思ってる。

それで、その損害を、借金を、ヤクザ者が肩代わりしてくれたらしいの。

借金をチャラにしてくれたのね。

その代わりにってことで松木は、バーでバイトを始めたのよ。そのバーは、そのヤクザ者の店だった。

そこからなのよ。

*

そこから、関わりが始まってしまったの、と美知子さんが溜息交じりに言った。

「その大学生の女の子というのは？」

ちょっと今の話では関係が摑み難かった。美知子さんが、あぁ、と苦笑いした。

「その子は何でもないの。ただそのイベントに参加して損害を被るのを目の当たりにしたというだけ。それで、松木のことが可哀相だってことで、自分を愛人にしているヤクザ者に話したらしいのね。なんとかできないかって」

「その女の子は何故そんなことを？」

橋爪さんが訊くと、美知子さんは首を捻った。

「そこはわからないわ。別に松木と何かあったわけでもないと思うし。本当に単純に、素直に金を持ってる自分のヤクザな恋人に助けてあげてと頼んだだけみたいね」

「すると、三栖さんの〈悔い〉というのは、そのときに松木さんを助けてあげられなかったってことなんでしょうか」

「たぶんね、そうだと思う。でも、私が思うに、三栖くんが助けに入る前にもうさっさと松木は決めてしまったんだと思う。〈三栖には迷惑を掛けられない〉って。自分一人が頑張《がんば》ればいいだけの話だってね」

「頑張るというのは、バーでバイトをして借金を返すという意味合いでですか」

「そういうことね」

　それで、松木さんはそっちの世界に足を踏み入れてしまった。橋爪さんが少し首を捻った。

「借金の額というのはどれぐらいだったのでしょう」

　美知子さんは、わからないと言った。

「決して松木は言わなかった。でも、学生当時で本当に、人生が終わったと青ざめるほどだったのだから百万二百万はくだらなかったでしょうね」

　親にも頼れなかった、か。

「自分を捨てたと思っているお父さんにも何も話をしなかったのでしょうね」

「そういうことだと思うわ。とにかく松木は自分一人で何もかも背負い込んだの。そして三栖くんは、松木にそうさせてしまったと思ってる」

美知子さんが私を見た。

「もし、三栖くんが、松木に借りを返さなきゃならないとずっと思っていたのだとしたら、私にはそれしか思いつきません」

学生時代にヤクザに借金をしてしまった。それを返すために松木さんはそっちの世界へ、か。確かにありそうな話ではある。私の学生時代にもマージャンでヤクザに借金を作った同級生がいろいろと泣かされた話は聞いた。

「しかし」

橋爪さんが言った。

「借金はただの借金です。店をひとつ持つほどのヤクザ者ならば、単純に借金を返せばそれで終わりにしてくれるはずです。面倒は嫌いですからね、ああいう連中は。ましてや自分が進んで金を貸したぐらいですから、相当上の立場の人間だったのでしょう。その金は返したんですよね？」

「最終的にはね」

美知子さんは頷いた。

「では何故《なぜ》、松木さんは抜け出せなかったのですか？」

「借りができた、と思ってしまったのね」

美知子さんは溜息をつく。

「言ったけど、あの人は本当に義理堅い真面目な男なの。自分を救ってくれたその人に恩返しをしなきゃならないと思い込んでしまったんだと思うの。バイト中にいろいろと頼みごとをされて、それをこなしていく内に、盃を交わしてしまったのよ。そして、もう抜け出せなくなったの」

「じゃあ、その金を貸してくれたのが今の親に当たる人というわけですね」

「そうです」

少しの沈黙が訪れた。

電話は掛かってこない。店の周囲にも特に変わった様子はない。息を吐いて、煙草を一本取って火を点けた。

「弓島さん」

「うん」

橋爪さんが私を見た。

「今の美知子さんのお話は、ある程度は頷けます。自分が助けられなかったことで松木さんがヤクザの世界に進んでしまった。それは確かに悔いが残るでしょう。もし私が三栖さんの立場だったら同じように思います。けれども」

美知子さんの方を向いた。

「今回、三栖さんは職務を放棄しています。弓島さんの仮説が正しければ自分の命を捨ててまで松木さんに借りを返そうとしています。あの三栖さんがです」

言葉に力が籠《こも》った。

「私の知っている三栖さんは、根っからの刑事です。悪を憎みます。同時に罪を憎んで人を憎まずという人でもあります。死ぬまで刑事を続けたいと思っているはずです。そんな人が、刑事という天職を投げ捨てて、そして命を賭けてまで返すほどの借りか？という疑問が湧き上がってきます」

「確かに、そうですね」

私が言うと、美知子さんも小さく首を捻った。

「でも、私にはそれしか思い当たりません。実際、私も弓島さんと同じように、そういう言葉を三栖くんから聞いたことがあります」

後悔していると。あの頃の悔いが今も残っていると。

「そう言っていたんですね？」

「そうです。それがはっきり何であるとは聞いていませんけど」

三人で考え込んでしまった。

確かに、筋は通る。そういう事情ならば、ずっと長い間借りを返したいと思っていても不思議ではない。

でも確かにその借りは小さすぎる。

「他に、何かがあるのでしょうか」

親友。

二人は何をするにしても一緒に行動した。太陽のような三栖さんに、月のような松木さん。

「三栖さんが王で、松木さんは王を守る騎士だと思っていたんですね」

「そうよ」

それはきっと今も変わってないと思うわ、と美知子さんは言った。

だとしたら。

「そうか」

二人が、私を見た。

「何か思いつきましたか」

橋爪さんが訊いた。

想像でしかないけれども。

「三栖さんは高校時代から警察官になると決めていたんですよね」

「ええ」

美知子さんは頷いた。

「もちろんそれは松木さんも知っていた」

「そうよ。心の底から応援していたわ」

警察官になるためには。

「七尾さん。その大学生のときのトラブルを起こしてしまったのは、やはり松木さんではなかったのですよ」

「え？」

「どういうことですか？」

美知子さんの眼が細くなる。

「トラブルを起こしたのは、きっと三栖さんです」

「なんですって？」

「それも、三栖さんは話に出てきたヤクザ者の情婦と何か深い関係になってしまったのではないでしょうか。単に手を出しただけじゃ済まないような。もちろん、イベントの失敗自体の借金もあったのでしょうが、その失敗にもひょっとしたら大学生の情婦が絡んでいたのかもしれません」

今度は、美知子さんの眼が丸くなった。

「警察官を目指す者が、前科者になってしまってはその道は閉ざされます。もちろん何らかの救済手段はあるのでしょうけど、少なくともかなり遠ざかることは間違いありません。それなのに、三栖さんのトラブルは下手したら一生ヤクザ者に付きまとわれる、あるいは警察沙汰になって前科者になってしまうようなものだったんですよ」

「弓島さん」

橋爪さんが驚いたように声を上げた。

「じゃあ、松木さんは」

「そうじゃないかと思います」

犠牲になったんだ。

きっと、自ら望んで。

「松木さんにとって三栖さんは、唯一無二の存在だったのでしょう。家族に捨てられ、孤独な自分を癒《いや》してくれる奮《ふる》い立たせてくれる文字通りの親友だったのです。その親友が警察官を目指している。それは松木さんにとってもとても誇らしいことだったんじゃないでしょうか」

三栖さんは素晴らしい警察官になる。

正義を守る男になる。

「それが、その道が閉ざされるのは松木さんにとっても堪《た》え難いことだったのでしょう。それならば、自分が三栖さんを守る、と決意したんでしょう」

そうに違いない。

「今こそ、自分が三栖さんの未来を守るべきだと。ひょっとしたら自分はこのためにここまで生きて来たのかもしれないと、そこまで思ったのかもしれません。そうでなければ、借金を背負い、ヤクザ者のバーに勤め、舎弟にまでなる。そこまでの苦しい選択を、自分の人生を捨て去るようなことができるはずがない」

何よりも、だ。

「それなら、納得できます」

今の三栖さんは、そのときの松木さんの犠牲の上に成り立っている。松木さんの普通の人生を捨てたからこそある。

「ならば、命を捨てて借りを返すと考えるでしょう」

三栖さんならば。

10

沈黙があった。

美知子さんはコーヒーカップを持ったままその中を見つめ、黙っていた。今の話を、三栖さんと松木さんの間にあったことを、推測に過ぎないんだけど、あらためて考えているんだろうか。

煙草の煙が流れていく。

そこに、美知子さんの吐いた小さな息が混じり、揺れて消えていった。

「なんてことだろう」

小さく声が聞こえた。ゆっくりと上げた顔に、微かな笑みがあった。

「三栖くんとはもう三十年近くも友人をやってきたのに、松木とは夫婦だったのに、そんなこと考えも、思いつきもしなかった」

その声音に微かに混じっていたのは、悔しそうな悲しそうな、でも、ぬくもりを感じさせるもの。

「悔しいなぁ、今まで感じ取れなかったなんて。やっぱり男と女の違いなのかなぁ」

それは、何とも言えないが。

「それだけ三栖さんと松木さんが、強い思いで隠し通したということでしょうね」

言うと、橋爪さんも頷いた。

「仮定の話ですが、これで三栖さんが失踪している根本のところは理解できましたね」

「そんな気がします」

刑事であることを捨てて動かないでいる理由。

借りを返すため。

「三栖さんが動かないでいることで、きっと松木さんは窮地を救われるんだ。でも、松木さんはそれを知り、冗談じゃないと思っているんだ。何とかして三栖さんの決意を翻《ひるがえ》したいけれど、松木さんもまた何らかの理由で動けないでいる。だから」

「あなたに、メールをしたのね。三栖くんの今のいちばんの友人である弓島さんに」

「そういうことなんでしょう」

深く深く、美知子さんは息を吸い、吐いた。コーヒーを一口飲んで、煙草に火を点けた。

「松木がね」

「はい」

「どんどん暴力団との関係を深めていくのを、黙って見ていたわけじゃないのよ。だって私、普通の女だもん。そんなの嫌だった」

同意のつもりで頷いた。

「でも、私は、松木の恋人だったの。止めようとしたわよ。あの人、何でも話してくれたから。別れ話だって何度もしたし、あの人も別れようと言ったわ。でも、別れなかったのね」

「それは」

橋爪さんが反応した。

「何故なのでしょうか。いえ、野暮《やぼ》な質問だとは理解していますが」

美知子さんは、薄く微笑む。

「愛してた。っていうのは陳腐《ちんぷ》だろうけど、でも、それ以上に、松木のすることに間違いはないって思っていたのね」

「間違いはない、ですか」

そう、と、美知子さんは頷いた。

「暴力団の存在を肯定するつもりはないわ。どう言い繕ったって反社会的組織であることは間違いない。あの人だって、松木だって犯罪者よ。今のところ服役の経験はないけれども」

「ないんですか？」

「そうよ」

少しだけからかうように微笑んだ。

「弓島さんみたいに、三栖くんに逮捕されたこともないわ」

「それだけ、頭が切れるということなのでしょうね」

橋爪さんが言うと、そうね、と大きく頷いた。

「やっていることが既に犯罪なんだから誇《ほこ》れるようなことじゃないけど、あの人は腕っぷしとかじゃなくて、才覚だけでずっとやってきた人。配下の人間を従わせるためには強い力も必要だから、格闘技にも相当精通したけれどもね」

あの日の松木さんを思い浮かべていた。細身であったことは間違いないけれども、確かにサラリーマンのようなスーツの下の肉体には力を感じた。

「どんな道を歩こうと、それが暴力団であろうと、この人は自分で判断して自分の道を歩いていく。そこに、勘違いや間違いはないの。自分で描いた地図の通りに進んでいける人。それは松木と出会ったときからずっと感じていたことなのよ。三栖くんもそうよね。お互いに〈意志の強さ〉というものをしっかりと持っていたの」

だから、と、続けた。

「この人の恋人でいようと思ったの。親に捨てられて、兄弟もいなくて、寂しい人なのよ。その上親友とは道が分かれていってしまう。せめて自分だけでも、この人の傍にいて歩く道を見続けていようって。あの人も私の思いに応えてくれたけど、結婚だけはしないって言われたわ。私を、一般人で居続けさせるためにね」

「松木さんもまた、あなたには誠実であったということですね」

「そうよ」

しっかりと眼を見て美知子さんは言う。

「私と、三栖くんにだけは、あの人は誠実だった。もちろん梨香にもね。他のどんな人間を騙《だま》したとしても、誰かに命じてろくでなしを海に沈めたとしても、私たちには昔のままの誠実な人間でいてくれたの。私はそれを知ってる。だから、今までずっと一緒にいるのよ」

誰かが誰かを思う心は、人の思いは、止められない。そこにどんな障害があろうと。

美知子さんは、溜息をつく。

「自分勝手なことを言ってるけどね。松木のせいで大変なことになってる普通の人がいるのにね。そういう人たちにとっては松木なんて今すぐにでも死んだ方がいい人間よね。それはわかっているんだけど」

それに関しては何も言えない。ただ頷くのみだ。ただ、訊いてみたいことがひとつだけあった。

「美知子さん。三栖さんは、今までも本気で松木さんを逮捕しようとしていたんでしょうか。つまり、暴力団から足を洗わせるという意味合いでです」

松木さんが暴力団員になったのは理解できたような気がする。けれども、それももう二十年も前のことだ。

「借金も払い終わり、義理も果たしたのではないでしょうか。だとすると、三栖さんならさっさと辞めろと説得するか、あるいは無理にでも逮捕してそれをきっかけに辞めさせようとすると思うのですが」

そうね、と頷いた。

「私も聞いた話でしかないけれども、三栖くんは真剣に松木を逮捕しようとしているみたいよ。もちろん、忙しいから四六時中松木を狙うことなんかできないだろうけど。でも、松木は三栖くんに逮捕されたら、そこで終わりだから意地でも逮捕されないって言っていたわ」

「松木さんがですか」

「そうよ」

終わりというのは。

「暴力団を辞めるということですか」

「そういうこと」

しかしそれは。橋爪さんと顔を見合わせた。

「組長にまでなった人が、そんな簡単に辞められるものですか」

「無理でしょうね。相当のことがないと」

「つまり」

橋爪さんだ。

「死ぬ、という意味合いでしょうか」

美知子さんは、ゆっくりと頷いた。

「辞めるイコール死、ね。仮に三栖くんが松木を逮捕して服役したとするわね。その間に実業組は誰かが組長になるか、敵対する所に乗っ取られるか。どちらにしても、刑務所から出てきた時点で松木はけじめをつけなきゃならないの」

「そのけじめというのが、死、ですか」

唇を一度結んで頷いた。

「大抵の場合はそうよ。組長にまでなった男は奇跡でも起こらないと、まともに足なんか洗えないわ。だから、松木は三栖くんに逮捕されないように頭を使ってる。三栖くんは、容赦なんかしないからね。松木が今まで前科がないというのもそのためよ。そして、いつまで経っても組が大きくならないで鉄砲玉の集まりみたいなのもそう」

「薬物を扱わないというのも」

そうなの、と私たちを見た。

「松木だって死にたくない。三栖くんだって松木を殺したくない。でも、足を洗わせるための唯一のきっかけが服役であるのも事実なの。だから、ものすごく微妙な、でも絶妙なバランスであの人たちはずっと友人をやってきたの。ヤクザと刑事という間柄でありながら」

そもそも、そのこと自体がもう奇跡ではないかと思えた。しかし、二人が確かに能力値の高い人間であることの証左でもあるんだろう。普通のビジネスマンになっていたら、今頃は大企業の社長にでも納まっていたのかもしれない。

美知子さんが、ふいに顔を動かした。

「ひょっとしたら、今回のことは、今、松木が出ている会合にも関係あるのかしら」

「何がですか？」

「松木が動けなかった理由よ」

「会合に？」

私をまっすぐに見て、こくんと頷いた。

「ああいうものは、それぞれの組で持ち回りで幹事をやるのよ。そりゃあもう大変らしいのよ。集まる全部の組長に連絡を取って話し合われる問題についてそれぞれに根回しをするの」

「根回し、ですか」

「そうよ」

暴力団も営利団体。それぞれの組で自分たちが成り立つために様々な工夫をする。ところが根っこに名前の通りに暴力ってものがつきまとう。

「その場で解決をするっていう会合じゃないのよ。『こういう問題があったが、それはこういう方法で手打ちにしたので今は問題ない』とか、『どうもこういう話があったみたいだが、それはこうすることで上手く行くからそうした』っていうことを確認し合うの。何もかもがスムーズに進んでなごやかにシャンシャンで終わるようにしないと、それこそ命が危ないって。どこで誰に恨《うら》まれるかわからないからって」

「なるほど」

何となくわかる。これでも大きな会社で、様々な思惑と力関係が渦巻く広告業界で働いてきた。根回しの大切さや危険性は充分に承知している。

「ましてや暴力団なら、ですね」

橋爪さんも顔を顰めて頷いた。

「そうは言いながらも、話している最中に揉めることもあるらしいわ。それをなだめて親である会長の機嫌を損《そこ》なわないようにするのも幹事の役目。何日も何週間も前からこれのために動きっ放しになるとは聞いていたわ。あちこちの兄弟分を訪ね歩いてね。だから、今回の三栖くんのことも」

「下手に動くと、どこかで足元を掬《すく》われかねない事態になるので、どうしようもなくなっていたのかもしれませんね」

「そうなんじゃないかしら。もし、関係あるとしたらの話だけど」

頷ける。

兄弟分とは言ってもそれぞれに生き残っていくためには様々な手段を使うのだろう。その手段も基本的には犯罪や荒っぽいことなのだろう。

「梨香さんの元彼氏である片岡くんが本当に学生の身分で合成麻薬を販売していて、その事実を掴んだのが三栖さんと松木さんであるのなら、松木さんはその事実を周囲に知られないようにするのに必死だったのかもしれません。どこかの組に利用されたら、娘が危ないことにもなりかねない」

言うと、美知子さんも橋爪さんも頷いた。

「だから、三栖さんのことを止められなかった。自分が動くだけで周囲の組に知られて、あっという間に梨香ちゃんの命さえ危なくなる事態になったかもしれないから」

あの日、うちの店にやってきたのが精一杯だったのかもしれない。何かしらの理由をつけてコーヒーを飲むか、あるいは煙草を買うか。

「そう仮定するとですね」

橋爪さんが少し顔を顰めた。

「松木さんは今そうやって会合に出ている。ということは少なくとも現段階では他の誰にもそれを知られていないのかもしれません」

「動くなら、今しかないということなのかな」

「そうかもしれませんね」

無理にでもあのマンションに乗り込んで、三栖さんに話を聞く。そう言うと、美知子さんが首を捻る。

「逆に、今動くと危ないということもあるかもしれないわ」

「と言うと？」

「会合の最中に最も事態が動くときもあるって松木は前に言っていたわ。つまり、根回しの段階ではうんうんわかったって頷いておいて、人や何かが手薄になる会合の間を狙って漁夫の利というか、何かを仕掛ける人たちもいるんですって。だから今このときも、お互いに牽制し合っている組同士もあるのよ」

顔を顰めながら美知子さんは続けた。

「会合の最中に誰かがやってきて、耳打ちしたと思ったらそこの組長がさっき手打ちにしたはずの件を蒸し返して、誰かが死んだとかあるいは何かを手に入れたなんて話になってその場が凍りつくってことも一度や二度じゃないって聞いたわ」

思わず同じように顔を顰めてしまった。橋爪さんが言った。

「どう考えても八方塞がりになってしまうのですね」

何かの突破口がないと、動けないのか。

「それにしても、やはり暴力団とは厳しい世界なのですね」

美化するわけじゃないが、文字通りの弱肉強食の世界。弱い者は死んでいく。強い者だけが生き残っていく。

「ある意味では、一般の我々が馬鹿に見えるでしょうね。彼らにすると」

普通に生活していれば死ぬことはない。何かあっても社会が助けてくれる制度がある。弱者は救済される。

けれども、松木さんが生きている世界はそうではないのだ。力と智慧《ちえ》の限りに全てを出しつくしていかないと生き残っていけない世界。

「そうね。確かに、そう」

溜息とともに美知子さんは言う。

「私はお陰様で一般人として生活しているけれど、知人に組長の妻として生きている人もいるわ。その人の話を聞くとどれだけ自分がぬるま湯の生活をしているのかって思う。もちろん」

苦笑いをした。

「文字通り、ろくでもない人たちもたくさんいるのだけどね」

それぞれに薄く笑った。それはどの世界でも同じだろう。真剣に、真摯に生きている人もいれば、どうしようもない人もいる。

また、沈黙が続く。

「どう、動きますか」

橋爪さんが訊いてきた。

「ようやくこの顚末《てんまつ》の動機については、松木さんと三栖さんの事情がわかり、大元のところは摑めた気がします。けれども、まだ肝心なところがわからない」

「何故、三栖さんは梨香ちゃんと一緒にいるか、ですね」

「そうです」

美知子さんの表情が少し変わった。

「言いましたけど、あの子は自分の父親がヤクザであることを毛嫌いしていました。だから、そんなものに巻き込まれるようなことをする子じゃないんですけど」

「でも、片岡くんと付き合ってしまった。もちろん何も知らなかったんでしょうけど」

そこに、何かがある。

何故三栖さんは梨香ちゃんと一緒にいるのか。

携帯電話が鳴った。慌てて、ポケットから取り出した。まだ慣れていない自分に苦笑いする。

「はい」

(甲賀です。今、大丈夫でしょうか)

「大丈夫です」

美知子さんと橋爪さんがこっちを見ているので、頷いておいた。

(あの紙の件ですが、やはり合成麻薬が染み込ませてありました)

「そうでしたか」

これで、確かめられた。やはり片岡くんは学生の身でありながら、麻薬を売り捌《さば》いていたんだ。

（それから之本組の動きですが、今のところ関係しているような情報は得られていません。もう少し調べてからまた連絡します）

「わかりました」

（何か、進展はありましたか？）

進展と言えるかどうかは疑問だが、半歩は進んだ気がする。だけど、電話で済ませられる話ではない。

「今、〈セブンテール〉で話していますが、電話でできる話ではありません。詳しくは会ったときに。後で僕の店には来られますか？」

（何も情報が得られなくても、お昼にお伺いします）

「わかりました。もしお昼までに戻れないようなら一度電話しますので」

（わかりました。お願いします）

電話を切った。小声で話していたから、きっと誰にも聞かれない場所に移動して話していたんだろう。

「甲賀さんでした」

言うと、二人とも頷いた。

「片岡くんが合成麻薬を売っていたのは確実なようです。コピー用紙に染み込ませてありました」

橋爪さんが頷き、美知子さんは顔を顰めた。

「そんな人と何故」

付き合ったのか、という意味だろう。

「もちろん、梨香ちゃんは何も知らなかったのでしょうね」

橋爪さんが言った。

そう思う。ましてや梨香ちゃんはヤクザである父親を嫌っていたというんだから。

「では、次は純也くんですね」

橋爪さんが言って、自分の携帯を取り出してメールを送信した。もう用意してあったんだろう。小首を傾げる美知子さんに言った。

「仲間に、純也という若者に片岡くんに接触するように頼んであるんです。さりげなく、梨香ちゃんと何故別れたのか、そこに合成麻薬に関係するようなことがあったのかどうか。片岡くんがどんな人間なのかを知るのも重要な要素だと思いましたから」

「大丈夫なんですか？　その純也って子は」

少し笑みを浮かべて頷いた。

「心配いりません。三栖さんも感心するほど腕も立つし、頭も切れる若者です。たぶん僕らがやるより上手くやってくれるでしょう」

橋爪さんが頷きながら携帯のディスプレイを見せてきた。

「返信が来ました」

〈片岡くん捕捉中。すぐに声を掛けるよ〉

頷いた。これでまた何かがわかってくれればいいのだが。

ふいに、美知子さんが顔を上げた。

「梨香の部屋に私が行きましょうか」

「え？」

だって、と、美知子さんが続けた。

「母親が娘の部屋に行くのはなんでもないことでしょう？　普通のことでしょう？」

「それは」

確かにそうだが。

「仮に、梨香の部屋に誰かが押しかけることで事態が悪化するのだとしても、私は関係ないはず。母親なんですもの。いつ行こうが自由。それでどこかの組が動いたりするはずないいんじゃない？」

橋爪さんと顔を見合わせた。

「確かにそうかもしれませんが、お店を閉めて行くのは不自然ですよね？」

「不自然なら今閉めているのも不自然よ。理由ならいくらでもつけられるわ。梨香の携帯に電話しても出ないから不思議に思って訪ねてきた。それこそ学校を休んでいるのでしょう?　そんな話聞いてないから来てみたってことよ。何よりも」

美知子さんが、レジの脇に置いてあった小箱の蓋《ふた》を開けて何かを取り出した。

キーホルダー。

「梨香の部屋の合い鍵よ。私しか持っていないわ。松木は持ってないの」

うっかりしていた。

母親ならば娘が暮らすマンションの合い鍵を持っていてあたりまえ。そもそも持ち家と言っていたじゃないか。そんな小学生でも思いつくような事実に今まで誰も言及しなかったし、考えていなかった。部屋に踏み込んでは絶対に拙いと思い込んでいたからだ。

そう言うと美知子さんは少し考えた後に言った。

「確かにね。そう思っても仕方ないと思うわ。でも、もし、松木が本当にあなた方に三栖くんのことを頼んだのなら、そういうつもりで甲賀さんにメールを送ったのなら、どこかの場面で弓島さんが私に接触することまで想定していたはず。頭の中に絵を描いていたはずよ。だからきっと問題ないわ。ひょっとしたら、ここが最終のゴールなのかもしれないし」

「ゴール」

強く、美知子さんは頷いた。

「私が部屋に行くことで、全ては解決するのかもしれない」

考えた。

そうなのだろうか。

それで、思い当たった。

「美知子さん」

「はい」

「その合い鍵を預からせてください。僕が部屋に行きます。あなたは動かない方がいいような気がします」

「どうして？　今も言ったけど」

「でも、お話ししたように僕は一度警告をされたんです。ここに来てあなたに会った後にすぐ。明らかな警告です」

車に轢かれそうになった。

「しかし、殺意とか怪我をさせようという意図はなかった。本当にただの脅しです。何故そんなことをする必要があったのかずっと考えていました。もし、二度とここに近寄るなという警告であれば今日来る前にも警告されたはずです。しかしそれはありませんでした」

　橋爪さんも頷いた。

「警告らしきものはそれだけです。他には何もありません。それはつまり、僕らを監視しているのは松木さんから全部指示されている人間だけということです。他の組が気づいて動いているのならもっと荒っぽいことになっているだろうし、それこそ僕の店が荒らされているかもしれません。命もうなかったかもしれませんし、この店だってどうなっていたかわかりません」

　それはそうね、という表情で美知子さんは頷いた。

「つまりあれは警告ではなく、あのメールと同じように〈この店に何か解決への道があるぞ〉、という、言ってみれば松木さんからのアドバイスだったのかもしれません。それがその」

　美知子さんが手にした合い鍵を指差した。

「鍵かもしれません。さっさとそれを持って部屋へ行けという」

　ぐるりと店内を見渡した。

「盗聴されているのかもしれませんね。ここは」

「盗聴？」

「松木さんが出した店なのだし、出入りも自由でしょう。それこそ鍵も持っているのでは？」

「持っているわ」

美知子さんが頷く。

「だとしたら、昨日来たときに僕が合い鍵を受け取らなかったのもわかっているはずです。だから、何をぐずぐずしているんだと、ああいう警告をしたのかもしれません。確実にここに何かがあるんだと僕に印象づけるために。もたもたしてまだ気づかないのかと怒ったのかもしれません。ですから、今日、僕がその合い鍵を受け取って店を出ればきっと警告はないはずですよ。それでいいんだ、とでも言う様に」

なるほど、と、橋爪さんが頷いた。

「逆に警告があったら、間違いだってことですね。お前が持っていくな。美知子と一緒に行けとでも言う様な」

「その通りです」

図らずも、美知子さんはさっき言った。

「松木さんは、完璧な地図を描いて自分の思い通りにさせる人なんですよね？　だったら、そこまで考えているはずです」

＊

念のために橋爪さんと離れて駅まで移動することにした。私が先を歩いて、離れて橋爪さんが尾行するように、周囲に気を配って歩く。

けれども、何もなかった。

「やはり、正解だったようですね」

駅の入口で待って、後から来た橋爪さんがそう言う。

「行きましょうか」

二人で階段を上がりかけたときに、携帯電話が鳴った。ディスプレイを見ると、純也だった。

「もしもし？」

（ダイさん、ちょっとマズイかもだぜ）

純也の息が荒かった。雑音もひどい。

「どうした？」

（片岡が逃げ出した）

「何だって⁉」

何があったのかと橋爪さんが顔を顰めた。

（ヘマしたわけじゃないぜ。普通に声を掛けて、梨香ちゃんの元彼氏だろって切り出した途端にあいつ走り出した）

「今どこなんだ」

（タクシーの中。片岡の乗ったタクシーを追っかけている最中。大丈夫、たぶん向こうは気づいてないよ。大学の中走り回るからさ、見失ったふりをして尾行していたんだ）

「どこへ向かってるんだ」

（白山《はくさん》通り。さっき水道橋《すいどうばし》の辺りを過ぎた）

「北に向かっているのか？」

（そう。どうする？）

「すぐにタクシーでそっちへ向かう。片岡くんを見失うな。それから絶対に見つからないように」

（了解。途中でまた電話する）

電話を切る。説明する前にもう橋爪さんは道路に向かって進みタクシーの空車に向かって手を上げていた。

「どこへ？」

「とりあえず、白山通りを北です。さっきの時点で水道橋を過ぎた辺りだそうです」

停まったタクシーにすぐに乗り込む。

「済みません、白山通りに向かってください。行き先は途中で連絡が入ります」

一瞬タクシーの運転手がルームミラーで私たちを見たが、すぐに「はい」と頷いた。日常ではこんなタクシーの乗り方はあまりしないだろうが、もっとおかしなことを言う客はたぶんたくさんいるだろう。他に何も言わないで、すぐさま走り出した。

「どうしたんですか」

橋爪さんが小声で訊いてくる。

「片岡くんに声を掛けて、梨香ちゃんの名前を出した途端に逃げ出したそうです」

右目が細くなった。

「逃げ出した」

「今、タクシーで追いかけていることには気づかれていないようです。ですからまっすぐ目的地に行ってくれるでしょう」

「どこへ向かっているんでしょうね」

わからない。わからないが。

「もし、単純に逃げ出したとしたら自分の家でしょうか」

「あるいは、その」

運転手を気にして言葉を切った。

「売っている仲間のところでしょうか」

「それも考えられますね」

仲間がいるのなら、の話だが。

「けれども、橋爪さんにはいなかったのですよね。そういう意味での仲間は」

こくん、と頷いた。

「一人でしたから。もちろん近寄ってくる連中は大勢いましたけど、何もかも一人でやった方が安全でしたからね」

同じように学生時代にクスリを売っていた経験を持つ橋爪さん。

「弓島さん、ずっと気になっていたんですが」

「何でしょう」

「それを作っている場所があるはずなんです」

そうなんだ。それは気になっていた。合成麻薬なんてものをどうやって作るのかはわからない。そんな知識はまったく皆無だ。

「どんな場所でもできるんですか」

橋爪さんが頷いた。

「たぶん、できます。一から精製するのならそれなりの専門の道具が必要になるでしょうが、単純に合わせて溶液を作るだけなら家庭の台所で充分です。ただ」

「ただ？」

運転手を気にしてさらに声を小さくした。顔を下に向けるので、耳を向けた。

「たぶん、片岡くんは頭が良い奴でしょう。そういう人間は自宅に踏み込まれても良いようにしているはずです。どこか別の場所で作っている。けれども、大学生の身で自宅以外の部屋を借りるとかはいろいろ大変なはずです」

「でしょうね」

お金も掛かる。保証人も必要になるだろう。片岡くんが一人暮らしなのか実家暮らしなのかもまだ知らないのだが。

「私も、自分の部屋とは別にもうひとつ拠点を構えていました。そこに向かうということも考えられますけど、彼はどうやっているのか」

小さく頷いた。さっきから携帯電話を握りしめているけど、まだ純也から連絡は入らない。

「それよりも橋爪さん」

「はい」

「梨香ちゃんの名を聞いてすぐに逃げ出したというのは」

「そうですね」

顔を見合わせた。

「事態がまたややこしくなっていくんでしょうか」

何故、逃げ出すのか。元彼女の名前を聞いて逃げ出すというのは、普通はないだろう。せいぜいが嫌な顔をされるぐらいだ。

それなのに、逃げ出した。

考えられることは。

「片岡くんが、梨香ちゃんの親が松木であると、ヤクザであると知っていたと仮定するなら、なんとなく頷けますか」

橋爪さんが言う。確かにそれは頷ける。

「それは何か片岡くんと松木さんの間にトラブルがあった場合は考えられますけど、ただ余程のことですよね。むしろトラブルがあったのならもう片岡くんはこの世にいないんじゃないですか?」

うーん、と橋爪さんが唸る。

「確かに。かといって今回の事件に関係しているとしても、名前で逃げ出すようならとっくに逃げ出していますよね。実際、昨日も取引のようなことはしているんだから」

「そうなんですよ」

片岡くんは、日常を過ごしていた。梨香ちゃんが学校に来ていなくても普通に過ごしていたんだ。

電話が入った。すぐに耳に当てる。

「もしもし」

(東京ドームを過ぎた辺りで右折)

住所を言った。メモできないので繰り返した。

（その、万館《ばんかん》病院ってところ）

「病院？」

（そう、そこの前で停まった。あいつは中に入っていったよ）

「ちょっと待て」

運転手さんに向かう。

「今言った住所わかりますか？」

「わかりますよ」

「どれぐらい掛かります？」

一拍間が空いた。

「車の流れが良ければ、あと十分ぐらいですかね」

「なるべく急いでください」

言った途端にスピードが上がって、思わず橋爪さんと二人で座席の背に深く凭れてしまった。

「あと十分ぐらいで着く。なんとかして片岡くんを見失わないようにしてくれ」

（病院の中に入るかい？）

「いや、見つかるのは拙い。正面入口を見張れる位置で」

（了解）

もし、裏口から出られたらどうしようもないが、純也しかいないのだから仕方ない。

そこは賭けるしかない。電話を切った。

「弓島さん。そこが、病院が出所でしょうか。クスリの」

橋爪さんにそう言われて気づいた。

「そうか」

小さく頷くと橋爪さんは続けた。

「不思議に思ってました。薬学部とかならまだしも片岡くんは経済学部。どこからそんなものを仕入れているのかと。仕入れルートが複雑になればなるほど足も付きやすいのですが、もし病院なら」

「ごく簡単なことですね」

そこに片岡くんの協力者がいるのだろう。そこに、逃げ込んだということになる。

「やはり、梨香ちゃんは何らかの形で片岡くんの商売に絡んでいるんですね」

「そういうことになりますね」

仮定の話が全て合っているのなら。梨香ちゃんの名前を出したら逃げ出した片岡くん。その逃げ込んだ先は病院。全てが揃っていってしまう。

「偶然そこが実家だったというオチもあるかもしれませんけど」

＊

十分も掛からずに着いた。

念のために少し手前で停めてもらう。運転手さんに礼を言って、百二十円ほどのお釣りは取っておいてもらった。時間が惜しいこともあったが急いでくれたことへのささやかなお礼。

降りてすぐ携帯電話を取り出すと、向こうから掛かってきた。

「純也、今どこだ」

〈裏口を見張ってる〉

裏口？

「正面はどうしたんだ」

〈正面入口の向かいに〈ピーナッツ〉っていうカフェがあるよね〉

「あるぞ」

〈そこに、あゆみちゃんがいる。見えるだろ？〉

驚いて眼をやると、窓際のテーブルでこちらを見ているあゆみちゃんの姿があった。小さく、こっちに向かって手を振った。

「一緒に来たのか？」

（ごめんよ。どうしても一緒に行くってきかなくてさぁ。あゆみちゃんがこうと決めると梃子《てこ》でも動かないって知ってるだろ？）

純也が電話口の向こうで軽く笑った。思わず息を吐いてしまった。確かにそうだった。

「わかった。合流する。すぐ後で電話するから待っててくれ」

（オッケー。念のためにさ、さっき窓口に行って『片岡紀博《のりひろ》さんの病室はどこですか？』って訊いてみたけど、そんな名前の男は入院してなかった。院長の名前も片岡じゃなかったね。ここは片岡の実家とかじゃなさそう）

「了解」

何も指示しなくてもちゃんと調べている。さすがだと感心する。電話を切ると橋爪さんが向こう側を指差した。

「私は裏に回って純也くんと合流します。あゆみちゃんと話した後、どうするか指示をください」

「わかりました。お願いします」

店に入る。いらっしゃいませの声にコーヒーを注文して、あゆみちゃんが立って待っていた席に向かった。

「ごめんなさい」

勢い良く、あゆみちゃんが頭を下げる。黒いストレートの髪の毛が揺れる。唇を引き締めた。

「梨香のことが心配で」

「いいさ」

人手が足りなくなるよりはいい。梨香ちゃんのマンションにも行かなければならないんだから。梨香ちゃんのお母さんからマンションの鍵を預かってきたと言うと、あゆみちゃんは少し眼を大きくした後に、こくんと頷いた。

「部屋にも早く行きたいけれど、とりあえず、片岡くんと対面してからにしよう」

そこで何が出てくるか。

11

コーヒーを頼んだ。

古い喫茶店だ。椅子もテーブルも一昔前の雰囲気。開店してから二十年は経っているような感じだ。店内には白衣の人の姿もある。

病院の近くの喫茶店というのは廃《すた》れないという話を聞いたことがある。病院というものはそう簡単に潰れるものではないし、働いている人や入院患者や訪ねてくる人。そういう人たちで、極端に流行りはしないものの堅実な商売ができると。

「梨香のお母さんも何も知らなかったんですね？」

喫茶店の窓際のテーブル。病院の正面の入口を見つめながら、向かい側に座ったあゆみちゃんがそっと頭を寄せてきて小声で言った。店内のＢＧＭは有線。低めに流れているので、そうそう大きな声で話はできない。

「そうなんだ。詳しくは後で話すけれども」

ポケットから取り出した、美知子さんから預かってきたキーホルダー。梨香ちゃんの部屋の合い鍵。

「いろんなことは、見えてきた。でも、まだ何もわかっていないのと一緒だ」

あゆみちゃんが、そっと息を吐いた。全てが推測でしかない。

「でも、これで」

心配そうな顔をして呟く。

「そうだね」

片岡くんはきっと何かを知っている。梨香ちゃんの名を出した瞬間に逃げ出すというのはどう考えても日常生活ではありえない。彼は、梨香ちゃんが学校を休んでいる理由を、あるいはそれに関する何かを知っている可能性は高い。

「とにかく、眼を離さないように」

「はい」

　そこで純也からメールが来た。

〈こちらは何も異常なし〉

　了解。〈こちらもなし〉、と返信する。

　ふと、眼の前のあゆみちゃんを見る。

　彼女を救うために文字通り走り回ったのは九年前。こんなふうに携帯電話なんてものを扱うなんてその頃には夢にも思ってなかった。あの時は皆がそれぞれに動き回って、連絡を取り合うのには公衆電話に駆け込んで店に何度も電話した。

　少し息を吐いた。

　既に大人だった自分たちはその九年間も何気なく毎日、一日一日を過ごし、働いて遊んで、何も変わっていないような気持ちで生きているが、時間は確実に過ぎ去っていっている。時代は変化している。携帯電話だって、私たちにしてみれば昔のSF映画や特撮番組で憧《あこが》れた未来の道具と一緒だ。

　中学生だったあゆみちゃんが、大学生に、大人の女性になって眼の前にいるのだと改めて思う。

　彼女の横顔に浮かんでいるのは、紛れもなく大人のそれだ。

親友を思う、心配する、女性の顔。

思いを、解く。そんなことを考えている場合じゃない。

「この距離でも片岡くんはわかるよね」

訊くと、こくんと頷いた。

「わかります」

彼は、何をしにここまでやってきたのか。

「私が、探しに行くのは拙いですよね」

あゆみちゃんが言う。

そこそこ大きな病院だ。入院患者もそれなりにいるんだろう。お見舞いに来たふりをして入ることは簡単だろうし誰にも咎《とが》められないだろう。ましてや若い女性であるあゆみちゃんを怪しいと思う人もいないだろう。

しかし、もし病院内で見つけることができても、また片岡くんが逃げ出したらどうなるか。病院内を走り回られでもしたら問題になる。迷惑を掛けてしまう。そう言うと、頷いた。

「そうですよね」

「ここは、出てくるのを待つしかない」

仮に、彼がここで一緒に合成麻薬を作っている仲間のところに逃げ込んだのだとしても、一時間も二時間も病院内にいるとは思えない。仲間がいるとしても、どう考えても仕事中だろう。普通の病院なんだろう。隠れる場所があるとも思えない。

「勘でしかないけど、すぐに出てくると思う」

そう言ったときに、電話が入った。

純也から。

出る前に立ち上がると察したあゆみちゃんが鞄から財布を取り出した。任せて電話に出ながら店の外へ出る。

「来たか？」

（出て来た！　急いで！）

振り返るともうあゆみちゃんは店から出てきた。

「すぐに行く！　そこで摑まえておいてくれ。くれぐれも騒ぎにはならないように！」

（了解！）

純也が居れば、ラフシーンになっても問題はないだろうけど、人を傷つけたり警察沙汰になってしまうことだけは避けたい。

必死で走って病院の裏に回る。運動なんかほとんどしていないこの身をうらめしく思った。女の子のあゆみちゃんでさえ、ぴったり後ろに付いている。

「あそこです！」

あゆみちゃんの声が響く。見えていた。裏にある駐車場の一角。植え込みのコンクリートブロックの上にうなだれるように座る青年。それを挟むようにして立っている純也と橋爪さん。二人が私たちの足音を聞きつけてこっちを見て、軽く手を振った。焦《あせ》らなくてもいい、という仕草。少しだけ、速度を緩めた。

「まだ何も訊いてないよ」

純也が言う。

片岡くんはゆっくり顔を上げた。その表情に驚きが混じる。あゆみちゃんを見たからだろう。

息を整えながら辺りを見回した。人気はない。駐車場の向こうにはビルばかり。こうして囲んで話していても不審がられることはないか。病院の裏側の病室や廊下と思われる窓からは丸見えになるが、あゆみちゃんがいる。男ばっかりだったら何かトラブルかと思われるかもしれないが、彼女がいれば、そうは不審には思われないだろう。

「片岡くん」

こっちを見た。怯《おび》えた様子はない。むしろ、不貞腐れている感じか。でも顔立ちの良さがそれを打ち消している。なるほどとても合成麻薬をこっそり売っているような大学生には見えない。ごく普通の、いや普通よりも見栄えも頭も良さそうな大学生だ。

「時間がもったいないからストレートに訊く。簡潔に答えてくれ。その前に、僕らは君に危害を加える気もないし脅すつもりもない。そもそもそんな理由もない。ただ、知りたいだけだ」

「知りたいって？」

声に、怯えた様子もない。諦めているのか。

「君は、合成麻薬を学内で売っていたんだな？」

少し驚いたように見つめた。質問が意外だったという感じだ。

「梨香に言われて来たんじゃないんですか？」

答えようとして、でもその片岡くんの問いの意図するところが突然浮かんできて、考えた。純也も橋爪さんもあゆみちゃんも、私に任せてくれている。橋爪さんは少し離れて、辺りに気を配っている。

今の片岡くんの返事の意味するところは重要なんじゃないのか。

片岡くんはさっき大学で逃げたんだ。

こうして摑まえたら、〈梨香に言われて来たんじゃないのか〉と逆に訊いてきた。つまり、梨香ちゃんは、片岡くんが逃げ出さなきゃならない何かを持っているということなのか？

それは。

純也とあゆみちゃんが私を見た。片岡くんは、少し息を吐いた。

「質問を変えよう」

「脅すつもりはないと言ったが気が変わった。何もかも正直に答えないと、松木を、あるいはその手の者をすぐここに呼ぶ。いいか？　そうなったらどうなるかわかるよな？」

意識して、声に迫力を込めた。そのつもりだったが効果があったかどうか。あゆみちゃんはほんの少し驚いたように私を見たが、純也はすぐに察したようだった。

片岡くんの眼に、ようやく大きな感情の揺れが見えた。

「じゃあ、あいつは、梨香は親父さんにビデオをまだ持っていってないんですね？」

純也と顔を見合わせてしまった。少し離れていた橋爪さんも、眼を丸くするのがわかった。

「全部、話してくれ。急いで」

＊

大きな通りに出るとすぐ眼の前にレンタカー屋があったので、車を借りた。片岡くんを入れると五人になる。タクシーには乗れないし、何よりも運転手がいる前では話ができない。

車種は何でも良かったので、橋爪さんが普段乗り慣れているというワンボックスのワゴンを借りて、運転した。助手席にはあゆみちゃん。後ろの座席に私と純也が片岡くんを挟んで座った。念のためにと、片岡くんの靴下を脱がせて、手首と足首を縛《しば》った。本人はすっかり逃げる気なんかないようだが、確かに念には念をだ。

店に電話すると、コール一回で丹下さんが出た。

（もしもし⁉）

「ダイです」

（ダイちゃん！　無事なのかい？　甲賀さんがもう店に来て心配してるよ！　携帯持ってるんだからさっさと電話しなさいよ。こっちからは何かあったらマズイから電話できないんだから！）

丹下さんの大きな声が響いて、純也が笑っていた。

「ごめん。これから一度戻るって甲賀さんに言って。詳しくはそのときに話すから」

（無事なんだね？）

「大丈夫。あゆみちゃんも純也も橋爪さんも皆いる。もう一人、梨香ちゃんの元彼氏の片岡くんも連れて行くから、店は適当な理由をつけて閉めちゃって」

一度うーむ、と丹下さんが唸った。

（わかったよ。気をつけるんだよ！）

電話を切った。

「このまま梨香ちゃんのマンションに行くのは拙いでしょう。一度店に戻って片岡くんを置いて行きます」

「そうした方がいいでしょうね」

「済みませんが、橋爪さんは店に残ってくれますか。あゆみちゃんも。丹下さんと甲賀さんにこれまでのことを全部話して、僕と純也の連絡を待ってくれって言ってください」

ルームミラーの中で橋爪さんが少し顔を顰めた。

「純也さんがいるので問題ないとは思いますが、男手があった方が」

その心配はわかるけれど。

「殴り込みにいくんじゃないですからね。普通のマンションです。そこに五人も十人も荒っぽい連中がいるとは思えません。いたとしても二、三人でしょう。純也なら朝飯前でしょう」

「もちろん」

純也が笑う。

「何よりも、丹下さんがいるとはいえ、店は甲賀さんとあゆみちゃんの女性だけになります。それこそ男手がないと。片岡くんはこうして神妙にしているけど、何が起こるかわからない」

橋爪さんも少し考えていたけど頷いた。

「わかりました。そうします」

あゆみちゃんが、泣きそうな顔を見せた。本当に泣きそうで、その顔がまだ小さい頃の彼女を思わせた。あの日、すがりついてきたまだ小さなあゆみちゃん。だから、笑って言った。

「大丈夫。何も心配ない」

「違います。私も行きます」

「それは」

シートに手を掛けていたあゆみちゃんのその手に、力が籠った。

「もし、梨香がそこにいるのなら、私がいてあげないとダメだと思うんです」

泣きそうだけど、言い出したら決してきかないときの声。

「私は、親友だなんて言って、何も気づいてあげられなかったんです。せめて、せめて一緒に行って」

唇を嚙んだ。潤んだ瞳で私を見た。決意に満ちたその眼の光。

気づいてあげられなかった悔しさは、情けなさは、自分がいちばんよく知っている。

「わかった。一緒に行こう」

片岡くんを純也と両側から摑んで店に入ると、甲賀さんもまた心配そうな顔で店のカウンターに座っていた。話してあげたいけど、これ以上同行したい人間が増えても困る。これから三栖さんがいるであろう梨香ちゃんの部屋に踏み込むと言ったら、絶対甲賀さんはついてくる。

橋爪さんに任せて、そのまま店を出た。

「オレ運転するよ。ダイさん、あまり運転しないだろ。コワイよ」

「頼む」

助手席に乗り込もうとしたら、先に運転席に乗った純也が眼で「後ろ」と言ってきた。あぁそうか、と自分の迂闊さを呪って後ろに回った。

はるかに年下の純也に、あゆみちゃんの隣りにいてやれよ、と言われてしまった。まったくいい年した男が情けない。

これからあゆみちゃんは、親友に会いに行くのだ。窮地に陥っていることに気づいてやれなかった親友に。そしてその親友は、あゆみちゃんが命の恩人と思っている三栖さんをも、同じような窮地に陥れたかもしれないのだ。彼女の心持ちは複雑だろう。でも、言葉は掛けられない。ただ、軽く肩に手を置いてあげる。あゆみちゃんが、唇を引き締めて、頷く。

純也が車を発進させる。

「もう出たとこ勝負だよな」

そう言うので、頷いた。

「それしかない」

何故こんなことになってしまったのか。

その一端は、片岡くんの証言で見えたのかもしれない。全ては梨香ちゃんの行動にあった。

彼女は、片岡くんとその協力者、名前を小堺《こさかい》と言っていたが、その二人が合成麻薬を作り売り捌いているところを、隠しカメラでビデオに収めたのだ。そしてそれを片岡くんに示して彼を責めた。

そのときに初めて、片岡くんは梨香ちゃんの父親が松木という暴力団の組長だと知った。信じられなかったが、それきり梨香ちゃんとは連絡が取れなくなった。彼女が学校を休む前の日のことだ。

私たちが目撃した取引は、その前に約束していたもので、ひょっとしたらマズイことになるかもしれないと、片岡くんはそれを最後にするつもりだった。

そこに、純也が現れた。だから、てっきり片岡くんは純也を組の人間かと思い逃げたんだ。

何故梨香ちゃんがそんなことをしたのか、そして今どうしているのか。三栖さんはどう関係してくるのか。松木さんは何をしているのか。結局は片岡くんの話を聞いてもわからない。

ただ、梨香ちゃんが中心にいると考えたことだけは、どうやら正解みたいだった。

「大丈夫」

あゆみちゃんに言う。

「三栖さんがいるんだ。きっと無事でいる」

三栖さんも含めて。

＊

これで三回目。

人気のないマンションの廊下を歩いて部屋の前まで行く。

あゆみちゃんと純也の顔を見て、そっと鍵を差し込んで、回す。

音が響く。

誰かが動く音が室内でするかとそのまま待ったが、何も音はしなかった。あゆみちゃんを下がらせて純也が前に出た。

扉をそっと開けても、誰も慌てて玄関にやってこなかった。静まり返っていた。

「梨香ちゃん?」

声を掛けても、反応はなかった。

ただ、何かが動く音はした。

純也と顔を見合わせた。その顔は「オレが行くから」と言っていた。若者を最初に危険かもしれないところに踏み込ませるのは年上としては忸怩《じくじ》たる思いがあるけれど、それでも、先に私がやられてしまっては、あるいは拉致なんかされたら純也も動きようがなくなる。先に純也に戦闘態勢で踏み込んでもらった方が、全員が助かるパーセンテージが極端に上がるだろう。

小さく頷き合った。

マンションの小さな玄関。

三和土《たたき》に出ている靴《くつ》は、ない。流行りのカラフルなサンダルが一足のみ。それを足でそっと除けてスニーカーのまま純也は一歩上がった。これも気が引けるが仕方ない。

もう一歩進めば廊下に面した部屋の扉の前。その反対側はおそらく洗面所だ。純也はまず部屋の扉を開け様に中を確認した。

動きが素人じゃないような気がする。どんな状況にも対応できるような姿勢というのか。柔道や空手で言えば低く相手を威嚇《いかく》するような姿勢。

そのまま純也は首を横に振った。誰もいないのか。そのままの体勢でくるりと百八十度回転して、今度は洗面所の扉を開けてすぐ離れる。そこにも、誰もいなかった。

二人で小さく息を吐いて、短い廊下を進む。三歩で扉がある。たぶん居間だろう。磨《す》りガラスが嵌め込まれた扉の向こうから光が差し込んでいる。居間ではカーテンを閉め切っているということはないようだ。

純也が先に行く。

一応、ノックをした。しかし、反応はない。純也が頷いて、扉を開けた。

姿勢を低くして一歩入り込んだ。

その動きが、止まった。

表情も、変化した。明らかに部屋の中に誰かがいて、それに向かって警戒の色を込めた顔をしたのに、次の瞬間には呆気《あっけ》にとられたように、口を少し開けた。

それを見て、部屋に入った。すぐ後ろにあゆみちゃんもついてきた。

三栖さんが、いた。

いたけれども予想とは違った。

あの少しシニカルな笑みを浮かべて、あるいは苦笑いで、あるいは困ったような顔をして私たちを迎えてくれるんじゃないかと思っていたんだけど違った。

眼鏡《めがね》を外され、手足を縛《しば》られ、さるぐつわをされて、でも、ソファに座っていた。

こっちを見て、顔を顰めた。

でも、元気そうだった。

無精髭は伸びていたけれども、そして少しやつれてはいるような気がするけれども、その眼の光は失われていなかった。

その、三栖さんの座るソファのすぐ脇に、二人の男がたぶん食卓テーブルの椅子だろうと思われるものに座って、こちらを見ていた。

いや、見た後に、息を吐いて下を向いた。

とても、監禁していた犯人とは思えない態度。

若い男二人は、ゆっくりと顔を上げた。

それがどうしてなのかはまったくわからないけど、悲しそうな、悔しそうな顔をしていた。拳を握って何かの感情に耐えているような雰囲気だ。

「梨香！」

あゆみちゃんの声が響く。

梨香ちゃんは、居間の奥にある襖《ふすま》で仕切られた部屋にいた。襖はコの字についていて、全部開ければ居間と一体化するような造りだ。その襖は開け放たれていて、たぶん彼女は寝室に使っているんだろう、ベッドマットが置いてある。

そこに、梨香ちゃんが座っていた。膝を抱えるようにして。

「いいぞ」

右側の若い男が言った。

見た目は、ヤクザには見えない。スーツの上着を脱ぎ、ワイシャツにスラックスというラフな格好をしているが、少しばかり険《けん》の有るサラリーマンという感じだ。

「三栖警部を解放します」

左側の男がゆっくりと立ち上がった。こちらは、ジーンズで、長髪に無精髭。たとえば純也の元の同僚のプログラマーと言われても納得できる。

彼が、三栖さんのさるぐつわを外し、それから手を縛っていたタオルを外した。不思議に思ったのは、三栖さんが驚いていたからだ。何故だ？　という表情を見せた。

三栖さんは、ふぅ、と息を吐き、テーブルの上に置いてあった眼鏡を掛けた。

「どうしてここに？　いや」

そう言った顔が、苦々しさに歪む。そのまま急ぐように立ち上がった。縛られていた手足をほぐすように動かす。

「話は後だ」

あゆみちゃんに眼を留めて、微笑んだ。

「あゆみちゃん」

「はい」

「梨香ちゃんに、ついていてやってくれ。大丈夫だ」

　そう言って、ソファの背に凭《もた》れた。あゆみちゃんは急いで梨香ちゃんのところに行き、その傍らに座り込んだ。

「梨香？」

　優しく声を掛ける。梨香ちゃんが、そっと顔を上げた。その顔は、頬《ほお》は、涙に濡《ぬ》れていた。

「あゆみ」

　弱々しい、子供が淋《さび》しさに親を呼ぶときのような声で、彼女があゆみちゃんの名を呼んだ。そうして、すがるように、抱きついていった。

「ごめん。ごめんね」

　その様子を確認して、三栖さんが壁の時計を見た。

「説明する時間はない。何がどうなったかは後回しだ。ここまで電車で来たのか？」

「車です。レンタカーで」

　車種は？　と訊くので答えるとちょうどいいと頷いた。

「乗せてくれ。すぐに行きたいところがある。梨香ちゃんは店に、〈弓島珈琲〉に連れて行ってくれ」

三栖さんは、二人の男を一人ずつ指差した。

「この借りはいつか返す。だが、もし何事もなければ、親を思うその気持ちに免じて許してやる」

そのまま部屋を飛び出したので、慌てて後を追った。

純也が鍵を開けると、三列目にあゆみちゃんと梨香ちゃんを座らせた。二列目に三栖さんが乗り込むので、その隣りに座った。純也に行き先を告げる。

「そこは、会合の場所ですか?」

訊いたら、眼を少し大きくさせた。

「まったく油断ならないな。どこまで知ってるんだ」

「その前に、何でこんなことになったのかを教えてください。甲賀さんも待っています」

そう言うと、小さく頷いた。

「甲賀なら、きっとそうすると思っていたんだがな。まさかお前たちに乗り込んで来られるとは思わなかった」

こっちを見て、ほんの少し唇を歪ませた。これは、少しばかり申し訳なく思っている顔だ。

「騒がせて、煩《わずら》わせて済まなかったな」

「それはいいんですけど」

うん、と頷く。さっき車に乗り込む前に飛ばせと言われて、パトカーに捕まっても俺が責任を取ると言われて水を得た魚のように純也は車を飛ばしている。目的地は、そんなに遠くない。

「話は長くなる。多少端折《はしょ》るぞ」

何もかも終わってから全部話すと言って、続けた。

「事の発端はひとつじゃないんだ。何の偶然か全てが同時に起こってしまったのさ」

「同時？」

そうだ、と、三栖さんが頷いた。

「俺は、片岡が個人的に学内で合成麻薬を売り捌いているという情報を摑んだ。また困った野郎が出て来たと思って内偵を進めるとそこに梨香ちゃんがいたんだ。片岡の彼女として」

「びっくりしたでしょうね」

二重の意味でだ。そう言うと三栖さんが唇を歪めた。笑ったんだ。

「過去に若い恋人のクスリ絡みで苦い思いをしてるからな。お互いに」

「まったく」

冗句にして話せるほど時は経った。

「びっくりもしたし、困ったさ。松木に相談するわけにもいかない。かといって、これは警察としても重要な機密情報になる。迂闊《うかつ》に喋《しゃべ》るわけにもいかないんだが、幸い梨香ちゃんは片岡の商売にはまったく関係なかった。ここは、赤ちゃんの頃から知ってるおじさんとして刑事であることは忘れて素直に忠告したんだ。松木に内緒でな。あの男とは別れろと」

「でも、別れなかったんですか？」

ちらりと後ろを見た。

「違う。別れたさ。だがほぼ同時に松木も梨香ちゃんの彼氏の存在を偶然知ったんだ。最初はややこしいことを抜きに、単純に〈娘の彼氏〉がいるってことでな。父親として気になったからだそうだ。どんな男が彼氏なのかってな。そりゃまぁ気になるのは当然だろう？」

「そうですね」

ヤクザといえども人の親だ。娘の幸せを祈るのは当然だと思う。

「だから、少し調べたそうだ。そうしたら松木も片岡が変なことをやってるのに気づいた。その時に、あいつは俺が梨香ちゃんに接触したのにも気づいた。迂闊なことに俺はまったく気づかなかったのさ。あいつも動いていたことにね」

「じゃあその時点で、全部を知っていたのは松木さん」

三栖さんは悔しそうに顔を歪めた。

「そういうことだ。あいつは考えた。俺に任せておけば梨香は大丈夫だとな。あのろくでもない片岡とはしっかり別れるだろう。だから、自分では何も動かなかった。当然だな。下手に動いてクスリと付き合うわけにはいかない。でも、引き続きあいつは俺と梨香ちゃんにしっかり人を張り付かせた。それがあの部屋にいた男二人だ。なぁダイ」

「はい」

「俺がいつまで経っても松木を逮捕できない理由はここさ。あいつは俺より頭が切れる。そしてさらにとんでもない頭も力も持った若いのを抱えている。俺のやることなんか全部お見通しって状態にされちまうのさ。俺が持っている情報屋も何もかも、あいつの掌《てのひら》の中状態だ。もちろん、俺だって手を抜いているわけじゃない。自慢じゃないが、相当腕利きの刑事だと思ってる。だが」

「松木さんは、三栖さんの常に上をいっている」

「その通りだ」

悪魔のように狡猾と言われる三栖さんを出し抜くんだから、松木さんは本当に凄《すご》いのだと思う。でもそれは、やはり親友だからかとも思う。

きっと三栖さんのことを誰よりもわかっているのは、松木さんじゃないのか。淳平たちが、私のことをよく知っているように。

「で、三栖さんは梨香ちゃんを守ろうとしたのに、なんでこんなことに?」

純也が運転席から訊いた。

三栖さんは、ゆっくりと息を吐いた。

「どう言えばいいかな。梨香ちゃんがずっと抱えていた思いを、悩みを、一言では言えないだろう。自分はヤクザの娘。普通の娘ならまだしも内縁の妻の子供。親への愛憎は、推して知るべしだ。さらには」

続けて、溜息をついた。

「俺という刑事の親友がいるのに、俺も何もできないでいる。しかも自分の母親とヤクザの父親と刑事が、ごくたまに、まれにだが仲良く文字通り親友として話す場面を何度も何度も見ている。それは、俺たちにも責任がある。彼女がどんな気持ちになると思う?」

後ろを見ないようにした。梨香ちゃんの前で話すようなことではないのかもしれないけど、でも、あえて聞かせているんだろう。

梨香ちゃんにも何かを納得してもらうために。

「上手く理解できないかもしれませんね」

かもしれんな、と言って三栖さんは続けた。

「何もわからない子供の頃ならともかく、大きくなればなるほどそれは、自分でも表現できない鬱屈として、悩みとして、ジレンマとして、あるいはトラウマとして、表に出てくる。ましてや、二十歳を過ぎて、大学生になって、自分が本気で好きになって抱かれた男が違法な薬物を作って売り捌いているヤクの売人だったんだぞ。これも、自分に流れる父親のヤクザの血のせいなのかと。ひょっとしたらこの先一生自分はこういう連中と付き合ってしまうのではないかと、絶望に囚《とら》われても、不思議じゃない」

「それは」

「単なる偶然だ。人生にはそんなこともある、とお前なら思えるかもしれないが、彼女はまだ二十一歳の学生だぞ?」

大きな溜息をつく。確かにそうだ。

愛した人に裏切られたというだけじゃない。

自分の血を呪う。親を憎む。

自分の人生が全て、嫌になる。

「自分を存在をこの世から消したいと発作的に思っても、俺は彼女を責められん」

「確かに、そうですね」

だから、と、続けた。

「彼女は、片岡が何故合成麻薬なんかを作れたのか調べようと思った」

「え？」

「そして、それをヤクザの世界に情報として流そうと考えた。そうすることによって、自分も、父親も、そして元彼氏も、全部破滅させてやれと考えたのさ」

そんなことを、この子が。

後ろで梨香ちゃんは固まったようになっている。それを、あゆみちゃんが優しく抱いている。

「でも撮影だなんて」

「なんたって元彼氏だ。取引場所は勝手知ったる図書館。病院だって若い女の子であればその気になればあちこち入り込める。ビデオカメラを使って、それほど難しくはない作業だったろうさ。そうしてあの病院でも、あいつらがクスリを作っている場面や会話しているところをカメラで撮った。まったく」

頭を二度横に振った。

「大した行動力だ。そこは親父譲りなのかもしれないな」

少し微笑んだ。松木さんもそういう人だと言っていたな。自分が描いた地図の通りに何もかもやりとげると。

「そしてそれを、ビデオをどこかにバラまこうと思った。しかし、どうやればいいかわからない。まさか新聞社とかマスコミに持っていくわけにはいかない。ただ片岡が逮捕されて終わりだ。全員を破滅に追い込むために、父親とは違うヤクザの事務所にでも放り込んでおけばいいと思った。もちろんそのビデオには撮影者が自分であり、松木の娘であることも、しっかり撮っている。ところが」

「三栖さんがそれを？」

純也がハンドルを握りながら訊いた。

「そうだ」

溜息をつく。

「彼女がビデオを放り込んだ事務所は敵対する暴力団じゃなかったのさ」

「どこだったんですか」

「同じ親を持つ同系の事務所だった。しかも、松木を良くは思っていなかった組長のところだった」

間違ったのか。

「行動力はあっても、ヤクザの世界なんか何も知らないんだから当然だな。だが、幸いだったのは同時にその組は、俺の情報屋もいるところだったのさ。すぐに俺のところに連絡が来た。どうするか考えたが、悩んでいる暇はなかった。梨香ちゃんが押さえられてしまうかもしれない。すぐに俺は彼女をまずは保護するためにここに来た。けれども」

「あの二人も、梨香ちゃんを保護するために来ていたんですね」

「そうだ」

虚《きょ》を衝《つ》かれて、身体の自由を奪われたんだ。

「あの二人は、全部松木さんの指示で？」

純也が訊いた。

「そうだな」

「松木さんはどうしてそんなことを」

「あいつは、自分の娘が、それほどに悩んでいることを知った」

忘れていたように、胸のポケットから煙草を取り出して火を点けた。窓を少し開ける。

風の音が大きくなり、三栖さんは少し声を大きくした。

「解決する手段は自分が死ぬことだと考えたんだろうさ」

そうか。そっちだったのか。

三栖さんではなく、松木さん。

「あのビデオを観た同系の組長からは今日の会合で名指しで糾弾されるだろう。こんな美味《おい》しい話をどうして放っておくのか、と。しかも娘が関係してるじゃないか、とな。すぐにでもこの片岡と話をつけろと。それは、事前にあいつがどんなに根回ししても避けられるものじゃない。そして、その場でそれを拒否して、絶対に薬物を扱わないと言えばあいつはどうなると思う？」

「殺されるってことですか」

「そういうことだ。鉄砲玉に使われる」

「誰かを殺すってこと？」

　そういうことだ、と、煙を吐いた。

「そこまで言うんなら、もうお前はいい。金にならないんなら、組に貢献して死んでこい、敵対する暴力団の組長の命を今すぐ取ってこい、シマを拡げてムショに行ってこいって話になるだろう。その場で拳銃でも渡されるだろうな。ムショに行ければまだいいが、当然のように返り討ちにあう可能性も高い。むしろそうなるだろう」

「じゃあ、そうならないためには」

　俺が行くしかないって、二栖さんが言う。

「梨香ちゃんのビデオに映された内容をうやむやにできるのは警察だけだ。片岡を逮捕したらそれで話は流れる。俺を放っておけば、そうなるだろう。それじゃ、梨香ちゃんが救われない。もちろん、俺が片岡を逮捕しないという可能性もある。梨香ちゃんを関係者にさせないためにな。その場合、俺がやることは」

「会合の場に乗り込む」

　言うと、頷いた。

「その通りだ。警察に乗り込んでこられたら、あっちだってどうしようもない。もちろん会合はただの食事会ってことになってる。警察だって別にそれで逮捕できるわけじゃない。ただ、そうやって俺に眼を付けられているんじゃあどうしようもないってんで、その話は間違いなく流れる。松木も、立場は悪くなるもののそのままだ。だからあいつは、俺を拘束しやがった」

三栖さんの顔が歪む。時計を気にする。

松木さんが、心配なんだ。

「これから一人で乗り込んでいって本当に大丈夫なんですか。警察に、甲賀さんに連絡して応援とかを」

ふん、と鼻で笑った。

「俺を誰だと思ってる。三栖良太郎だぞ」

にやりと笑った。そして、運転席の純也に言った。

「あそこを曲がったところで降ろしてくれ。後はいい」

「え？　反対側だよ？」

「お前たちを連れて正面から入って行けると思うか。裏側から抜けていけるところがあるんだ。そっちから行く」

それから、こっちを見て、肩を叩いた。

「続きは店に戻ってからだ。済まんが、梨香ちゃんと甲賀を頼む」

「わかりました」

三栖さんは後ろを向いた。

「梨香ちゃん」

彼女が、顔を上げる。

「こんなにも心配してくれる友達がいることを、絶対に忘れるな」

そう言って、優しく、微笑んだ。

手を伸ばして、梨香ちゃんの頭を撫でた。昔からそうしているように。

車が停まった。鬱蒼《うっそう》とした木々が並ぶ公園の脇の中通りだ。三栖さんが扉を開けて出ていこうとする。

「三栖さん！」

降りて、振り返った。

「本当に大丈夫なんですか？」

訊いたら、今度は少し可笑《おか》しそうに笑った。

「俺はな、丹下さんが死ぬまであのミートソースを喰い続けるって決めてるんだ」

そう言って軽く手を振り、公園の奥へ消えて行った。

12

大丈夫。

心配ない。

きっと戻ってくる。

私のせいです、と、泣き続ける梨香ちゃんにその言葉を何度も繰り返しながら、店に帰った。あのままあの場所で三栖さんを待っていようかとも考えたけれど、近くに大勢ヤクザがいるところで待機していて、もし巻き込まれてあゆみちゃんや梨香ちゃんに何かあっては皆に申し訳がたたない。

店の近くにあったレンタカーの営業所に車を返して、そこからはタクシーで戻った。誰も何も話さなかった。誰か他の人がいるところで、話題にできるものじゃない。そうかといって軽口も叩けなかった。

三栖さんは、何十人もの暴力団員が揃っている中に一人で乗り込んでいったんだ。怖いもの知らずで腕に覚えのある純也でさえ、怖くてできないとぽつりと言った。もちろん私もだ。想像しただけで震えが来る。死を覚悟するならできないこともないのかもしれないが、そこまでの覚悟などしたこともない。

〈水廻り工事のため本日休業〉

店の行灯にそういう張り紙がしてあった。なるほど今回は水廻りの工事を理由にしたのか。そういえば最近ちょっと排水口から臭いが出ることがあったので、掃除をするか分解して調べてもらうかしなきゃね、と丹下さんと話していたんだ。

そして、店に入って驚いた。

本当に水道の工事をしていた。いや、作業服姿の人がカウンターの向こうのシンクのところで何か作業をしていたんだ。

陽気なスティービー・ワンダーの歌声が結構な大音量で流れている。

「あぁ、お帰りダイちゃん」

窓際のテーブルに座っていた丹下さんが立ち上がった。甲賀さんも一緒にいた。もう一時を回っているけど、まだ待っていたんだ。橋爪さんと片岡くんは店の一番奥のテーブルについていた。片岡くんは梨香ちゃんを見て一瞬立ち上がりそうになったけれど、橋爪さんに肩を押さえられて、座った。

「何しているの？」

カウンターの方を指差しながら訊くと、丹下さんはにやりと笑った。

「ただ待ってるのも何か辛気臭いからさ、せっかく休業にしたんだからついでに掃除をしてもらっているのさ。もうすぐ終わるよ」

「そうなんだ」

たぶん、気を遣ったんだろう。

三栖さんのことをひたすら心配し続けている甲賀さん。元々無口な橋爪さん。そして、形としては犯罪者として捕《つか》まった片岡くん。もちろん話が弾《はず》むわけもないし、空気がどんどん重たくなっていく。まぁ丹下さん自身もそんなのに耐えられないって思ったんだろうけど。

丹下さんは、梨香ちゃんを支えるように隣りに立つあゆみちゃんを見て、微笑んだ。

「お帰りあゆみちゃん」

「ただいま」

あゆみちゃんが、ほんの少し笑みを浮かべた。

「梨香ちゃんだね？」

梨香ちゃんが、丹下さんを見てこくりと頷く。

「はい。そうです」

丹下さんは満面の笑みを浮かべた。

「待ってたよ。お腹空いたろう。もうすぐ掃除が終わるから、うちのミートソーススパゲティを食べていきな」

水道屋さんも帰っていった。どうやら排水管に少し問題があるらしくて、それは、また後日しっかり調査をした方がいいらしい。

普通に考えるなら、梨香ちゃんに食欲なんてあるはずがない。あの部屋で一体どういう状況で時間を過ごしていたのかわからないけれど、今のここ以上に空気は重かったはずだ。

ただ、三栖さんが大丈夫って言っていたんだから、寝ていないとか食べていないとかそういうことではなかったはずだ。実際、梨香ちゃんは疲れてはいるようだけど、顔色がそんなに悪いわけでもない。さっきはあゆみちゃんにぴったりくっついてはいたけれど、しっかりと自分で歩いていた。

それは、甲賀さんもそうだ。三栖さんが心配で食事どころじゃないだろう。片岡くんにしても自分はこれからどうなるのか胃が痛くてしょうがないだろう。

それでも、そこが魔法のミートソースと呼ばれる所以だ。

丹下さんが鍋《なべ》をかけてミートソースを温め始めて、その匂いが店内に流れ出すとお腹が空いてくる。どんなにお腹が一杯でも、食欲がなくても、具合が悪くても、食べたくなってしまうんだ。

店の中にはサム・クックとミートソースの匂いが流れ出した。せっかくだから、皆で食べようと人数分のミートソーススパゲティを丹下さんが作り出した。

あらかじめボイルしてあったスパゲティを無塩バターを引いた大きなフライパンに入れる。炒め過ぎないようにフライパンを返しながらざっと温める。その間に鍋の中のミートソースがぐつぐつと泡を立て始める。

湯煎《ゆせん》で温めておいた白いスパゲティ皿に丹下さんがそれぞれの体格に合わせてスパゲティを盛っていく。私はその上にレードルで、しっかりと煮込んでつやつや輝くミートソースをかけていく。

付け合わせも何もない、ただそれだけの、昔ながらのシンプルなミートソーススパゲティ。

「はいよ。皆持っていっておくれ」

さすがに向かい合って食事をさせるのは酷だと、あゆみちゃんと甲賀さんと梨香ちゃんがカウンターに。橋爪さんと純也と片岡くんは奥のテーブルに。私と丹下さんはもちろんカウンターの中で。

クロスケがにゃあ、と鳴いて自分にも何かを食べさせろと、いちばん優しいあゆみちゃんの膝の上に乗っていった。

一口食べた梨香ちゃんの表情が変わった。

「美味しい」

隣りのあゆみちゃんに小さな声で言う。表情が優しくなった。あゆみちゃんが「でしょ?」と言って笑う。

そうだ。どんなことが起こったって、温かくて美味しいものを食べられれば元気になるんだ。

人間はそうやって生きていくんだ。

＊

コーヒーの香りが漂う。テーブルに移った甲賀さん、あゆみちゃん、梨香ちゃんのそれぞれの眼の前に丹下さんがカップを置いていき、自分もそこに座って「休憩」と微笑んだ。私はカウンターの中で、流れるサム・クックのボリュームを少し絞る。

午後二時になろうとしていた。まだ三栖さんからの連絡はないし、帰ってもこない。いちばん事情をわかっているのは梨香ちゃんなんだろうけど、話してもらうのは酷だと思い、これまでのことを甲賀さんに私が報告した。犯罪者である片岡くんに聞かせるのはどうかと思ったけどしょうがない。三栖さんの判断を待たないで彼を帰すわけにはいかない。何よりも、片岡くんはすっかり神妙になっている。刑事さんが来たなら自首すると言っているのだ。

甲賀さんは、三栖さんが無事と聞いて本当にほっとしていた。ほんのりと頬にも色が戻ったような気がした。

ヤクザの会合の場に一人で乗り込んでいったのを心配すると、甲賀さんは唇を引き締めて、頷いた。

「大丈夫だと思います。三栖警部は、前にも言いましたが、必ず逃げ道を用意しておく人です」

必ず戻ってくると確信している表情だった。それで、皆も少し安心した。

「でもさぁ」

奥のテーブルで純也が言う。

「三栖さんが詳しく話してくれなかったからわかんない部分も多いんだけど、最大の謎はメールだよね。甲賀さんの携帯へのダイさん宛てのメール。あれは松木だって話していたけど、松木は死ぬつもりだったんだよね？　だったら」

「甲賀さんにメールなんか打つはずないってかい？」

丹下さんが言う。確かにそうだ。

「あのメールは明らかに三栖さんを救え、っていうメールだったからな」

純也が、ちらりと梨香ちゃんを見た。梨香ちゃんはあゆみちゃんにクロスケを膝に乗せてもらって、笑みを浮かべていた。猫は好きらしい。

梨香ちゃんは、クロスケを撫でながら顔を上げた。

「あの」

おずおずと、口を開いた。

「それは、私です」

「え？」

あゆみちゃんが隣りで驚いた。クロスケも何事かとあゆみちゃんを見た。もちろん、皆が驚いた。

「君が？」

こくん、と頷いた。気づかなかった。まるで盲点だった。メールを梨香ちゃんが。

「え？　でもさ」

純也だ。

「梨香ちゃん、ダイさんのことなんか知らないだろ」

そこで、あゆみちゃんが純也を見た。

「知ってます」

「そうなの？」

「ダイさんのことは、何度も何度も梨香に話しました。一緒に住んでいる三栖さんのことも。三栖さんが刑事だってことも」

梨香ちゃんが、頷く。

「でも」

あゆみちゃんが梨香ちゃんを見た。

「三栖さんを知っているなんてことは教えてくれませんでした」

梨香ちゃんは、済まなそうに頭を下げる。

「ごめん。あゆみ」

それから、私を見る。

「あゆみから、ダイさんの話を聞いて、三栖さんもここに住んでいるのを知りました。二人が親友みたいに仲がいいことを、私は知ってたんです。でも、あゆみには、言えなくて」

唇を嚙む。下を向く。彼女は最初から知っていた。自分の父親の親友である三栖さんが私とも友人であることを。

それを、あゆみちゃんには黙っていた。内緒にしていた。

「父親のことを、松木さんのことを、あゆみちゃんに知られるのは嫌だったんだね？」

こくり、と頷いた。その瞳にまた涙が浮かんでいる。親友だったのに、大学でずっと一緒だったのに、一度も梨香ちゃんはこの店に来ようとしなかった。そのせいだったのか。

「気づかなかった」

あゆみちゃんが、唇を噛みしめる。

「話していました。一緒に行こうよって何度も誘いました。でも、梨香は、いつかダイさんと私が本当の恋人同士になったときに冷やかしに行くからいいって。それまで、がんばってねって」

少し頬を染めながらあゆみちゃんが言う。それから、梨香ちゃんに「ごめんね」と小声で言う。梨香ちゃんも、また涙をこぼしながら、謝る。手に手を重ねた。顔を見合わせる。

「じゃあ、淳平の話も梨香ちゃんにしたんだ」

あゆみちゃんが済まなそうな顔をした。

「しました。昔この店がまだ普通の家だった頃一緒に暮らしていて、今は劇団の俳優さんだって。仲が良いって」

そういう話も、するだろう。それは責められない。私が言うのも何だが、ここは自分の好きな人がやっている店。彼女にとっては大好きな場所なんだ。私は昔、命を救ってもらった恩人だ。

そういう話をいちばんの親友にするのは、女の子同士なら何の不思議もない。

私はあゆみちゃんに淳平たちの話は何度もしている。自分の大好きな人の親しい友人のことを、しかも淳平は劇団員で、売れていないとはいえ芸能人の一人なのだから、梨香ちゃんに話しても、それは普通のことだ。

「でもさ」

純也だ。

「ごめんね梨香ちゃん。辛い事を聞いちゃうけどさ。自分のせいで、お父さんがさ、死ぬ覚悟で三栖さんを拘束したわけだよね。それは、わかっていたんだろ？」

こくり、と頷いた。

「でも、あの二人がいたからそれを止められなかった？　止めようとしたんだよね？」

梨香ちゃんが真っ直ぐに純也を見た。

「しました。あの二人は、お父さんの命令だからって私に何もさせてくれませんでした。でも、私にはわかったんです。あの人たち、悲しんでるって。苦しんでるって。お父さんに命令されたから仕方なくこうしているけど、放っておけばお父さんは死んじゃうかもしれない。絶対に死んでほしくないって。すぐにでも三栖さんを解放したいって。でも、自分たちには何もできないって。そういう顔をしていました。私には」

涙が溢れてきた。

「わかったんです。だから、私は、できることをするしかないと思って」

「三栖さんの携帯から、甲賀さんにメールを？」

「はい」

そこで、同じテーブルに座っていた甲賀さんは、優しく微笑んで梨香ちゃんに言った。

「どうして私に？　私のことを知っていたの？」

梨香ちゃんは首を小さく振った。

「アドレスに警察の人だって書いてあったんです。それでダイさんに伝えてもらおうと思ったんですけど、全部打つ前にあの二人に見つかって焦って送ったんです」

「それでか」

純也が手を打つ。

「〈ダイへ〉だけで終わっていたのは」

そういうことだったのか。

「二通目のは？　あれも変な文面だったけど一応文章にはなっていたよね？」

純也が訊くと、梨香ちゃんは首を横に振った。

「あれは、打ったのは私じゃないんです。男の人が、私が打ったメールを見ていて、しばらく何かを考えていました。後になってからその人が自分で打って、私に携帯を持ってきたんです。何も言いませんでしたけど、送れ、って眼で言いました。だから、私が送信したんです」

「それは、ジーンズの方？」

「そうです」

純也と顔を見合わせた。あの二人は松木さんの腹心。そして、三栖さんにとんでもない実力を持つと言わせた男。

「たぶん、松木さんから僕のことも聞いていたんだろう。あるいは三栖さんが住んでいる家の大家ってことで、事前に調べていたか」

「だね。梨香ちゃんを完全に拘束していたわけじゃないんだろ？」

純也が訊くと、梨香ちゃんは頷いた。

「もちろん、私が変なことをしないように見張っていました。でも、私が言うのはおかしいですけど、ときどき見張るのを、緩めるんです。それは、何とかして、お父さんを救えって言ってる感じで」

「なるほど」

橋爪さんも頷いた。

「その二人にしても、絶対的である親の命令を守るのと、親である松木さんを救えるのは三栖さんしかいないという判断の、ギリギリの狭間で悩みながらあそこで過ごしていたっていうことですね」

「そうなりますね」

「じゃあ、あの図書カードは？」

そうだ。梨香ちゃんが、また頷く。

「私です。様子を見てこいと言われました。でも、絶対に喋るなと。だから」

「君の判断でカードを」

「そうです」

メールに名前を書いた本人が来てくれた。でも、騒ぐわけにはいかない。そこで事情をわかってもらおうと片岡くんのことを知らせるために。

「そういうことか」

「じゃあさ」

純也だ。

「松木が、あ、ごめんお父さんの松木さんがここに来たのは何だったんだろうね？　自分は死ぬ覚悟をしていたってのにわざわざオレたちを動かすようなことをさ」

「それは」

松木さんに訊くしかないだろうが。

「訊ける機会があるかどうかは疑問だね」

丹下さんが渋面を作って小さく言う。皆が下を向く中で、橋爪さんが口を開いた。

「単純に、ダイさんに会いに来たのかもしれませんね」

「僕に？」

皆が橋爪さんを見た。橋爪さんが唇を引き締める。

「松木さんは、梨香ちゃんがメールをしたことなど知らないはずです。ですから、死ぬ覚悟をしたけれどその前に、自分が唯一の友だと思っている三栖さんが今一緒に暮らし、心を許している男の顔を見に来たのかもしれません」

「それって」

純也だ。

「後は頼むなって、三栖さんをよろしくな、って心の中で言ってたってこと？」

橋爪さんが、こくりと頷く。

「少なくとも、もし、私が松木さんの立場なら一度は顔を見たいと思います。親友の、人生を賭けた相棒が新たに得た友人の顔を」

溜息をつく。

皆が、悩みながらぎりぎりの綱渡りをあちこちで繰り返していた。その綱は交差はしていたんだけど、離れていたから顔を合わせることはなかった。そんな感じで時間が過ぎていったんだ。

その時に。

カラン、と、扉につけた鈴が鳴った。

皆が一斉に扉の方を見る。そこに、スーツ姿の三栖さんが、立っていた。

「三栖さん」

皆が口々に名を呼んだ。腰を浮かせた。三栖さんは少し苦笑いして、何事もなかったかのように、ちょっと昼飯を食べに来たとでもいう感じで軽く手を上げた。

「お揃いだな。待たせたか」

甲賀さんが立ち上がった。感情を抑えるように唇を引き締め、一歩二歩と歩いた。三栖さんも店の中に入ってくる。カウンターの端の辺りで向かい合った。

「甲賀」

「はい」

「済まなかったな。心配かけて」

三栖さんが、甲賀さんに言う。甲賀さんは眼を潤《うる》ませながら、首を小さく振った。

「いいえ。ご無事で何よりでした」

また唇を引き締める。泣きそうな自分を必死で抑えているんだ。二人きりならどう考えても優しく抱きしめてあげる場面なのだけど、何せ周りには皆がいる。

純也は奥でわくわくした顔をして、(いけーっ！)ってアクションを甲賀さんの後ろ側で、三栖さんに向かってしている。私と丹下さんは笑いを必死に堪《こら》えた。三栖さんが渋い顔で純也を睨《にら》んだ。

こんな場面を人に見られるなんて、三栖さんにしてみれば大失態だろう。あの表情の裏で、背中に嫌な汗をたっぷりかいているはずだ。

「休んだのか」

「急に熱が出て来たので、午後から休みにしました」

「そうか」

ちょっとだけ、咳《せき》払いをする。

「迷惑を掛けた穴埋めは後日ゆっくりする。とにかく」

三栖さんが、そっと甲賀さんの肩に手を置いた。

「俺は潜入でちょっとの間、いなかっただけだ。今日半休したお前は具合が悪かっただけ。ヤクザどものお食事会になんか刑事が一人紛《まぎ》れ込んだらしいけど、それはただの噂だ。俺はそんなところにはいなかった。そういうことにしておいてくれ」

甲賀さんが、ちょっと目元を押さえて、微笑んだ。

「了解しました」

それから三栖さんは梨香ちゃんの方を見た。

「梨香ちゃん」

「はい」

少し息を吐いて、三栖さんは優しく微笑んだ。

「お父さんは、無事だ」

梨香ちゃんが、また泣きそうになる。あゆみちゃんがその肩を抱いた。

「ややこしい話にはなるだろうが、それは君には一生縁のない世界のことだ。関わりのない世界だ。何も知ろうとしなくていい。お父さんとの今後のことはいろいろあるだろうが、それはお母さんともゆっくり話すといい。後は」

店を見回してから、私を見た。

「ダイ」

「はい」

「ここにいる人以外に、俺が謝らなきゃならない人はいるか？」

少し考えてから言った。

「その、梨香ちゃんのお母さん、七尾美知子さんですね」

うわ、と、三栖さんは苦笑いする。

「お前が会いに行ったのか」

「ゆっくり話してきました。同業者として商いの厳しさも語り合いました」

「そりゃいい友達ができて良かったな。後で電話しておく。他には？」

「謝る必要はないですけど、元奥さんの、由子さんにも電話しておいた方がいいかもしれません」

由子？　と、三栖さんが眼を大きくさせた。

「あいつに何を話したんだ」

笑いを堪えると、三栖さんがきょとんとした顔を見せる。

「何が可笑しいんだ」

「三栖さんが甲賀さんと結婚するので、友人関係を教えてくれと電話しました」

三栖さんの口がぱかんと開いた。甲賀さんが飛び上がらんばかりの勢いで驚いていた。そうだった。甲賀さんには話していなかったな。三栖さんは口を閉じて、そして眼も閉じて首を横に振った。

「何故そんな嘘をついたかは何となくわかるが、俺の友人関係を訊くだけなら他に手はなかったのか」

「僕らも必死だったんですよ。勝手に行方不明になったのは三栖さんですからね。自業自得です。適当に誤魔化すか、本当に結婚式を挙げるかしてください」

純也はもう笑っていたし、さすがの橋爪さんも堪え切れなかったのか下を向いて肩を震わせていた。

三栖さんが甲賀さんを見る。

甲賀さんは顔が真っ赤になっていた。

「甲賀」

「はい」

「とりあえず、そちらのお嬢さんを、梨香ちゃんをお母さんのお店に送り届けてくれるか？　俺から事情を電話しておく。それで、お前はもう今日は引けていい。仮病を本当にするために家で休んでいろ」

「わかりました」

それで、と、三栖さんは言いにくそうに顔を顰めた。

「その他の嘘については、また明日話し合おう」

＊

行灯もしまった。

クロスケがカウンターの上にひょいと乗って、ごろんと寝そべった。もうこれで終わりでしょう？　とでも言いたげに。

「終わったよ」

そう言うと、にゃあん、と鳴いた。

三栖さんは片岡くんを警察まで連れていった。

自首という扱いにするそうだ。ここに連れて来られてからは随分殊勝にしていたのだけど、さすがに彼のしたことを見逃すわけにはいかなかった。犯罪は、犯罪だ。

まだ大学生の彼の将来や、たぶんどこかにいるであろう彼の親御さんのことを考えると胸が痛む。でも、それは私にはどうにもできないことだ。

せめて、片岡くんが橋爪さんのようにきちんと社会復帰を果たすことを願うのみ。将来、真人間になってこの店にコーヒーを飲みに来てくれれば嬉しい。

ただ。万が一のことを、最悪の状況を考えて、数年後の梨香ちゃんやあゆみちゃんに彼が何もしないようにきちんと見張るのも頭に入れておく。まぁそれは三栖さんや甲賀さんがきちんとやってくれるだろうけど。

梨香ちゃんの心の傷を思うと、溜息しか出ない。三栖さんは、身内の、家族のことなのだから家族で何とかケリをつけるしかないと言う。もちろん自分も関わっているのだから、後でゆっくり梨香ちゃんと話し合うとも言っていた。

あゆみちゃんも、丹下さんと一緒に帰った。

今夜も丹下さんのところに泊まって、明日は、お母さんの家に泊まっている梨香ちゃんに会いに行くそうだ。本人が元気なら、一緒に大学に出ると言う。それがいいと思う。日常に戻るのがいちばんいい。お母さんの美知子さんには、私も後できちんと挨拶《あいさつ》をしに行かないとな。

橋爪さんには、いろいろ迷惑を掛けてしまって申し訳なかったと謝ったら、とんでもないと少し笑った。また、何かあったらいつでも呼んでくださいと。もちろん、いつものように店には顔を出しますからと。もし、片岡くんと今後何か関わることがあれば、同じような道を歩んでしまった者同士、気にかけてやりますと微笑んでいた。

自分用にコーヒーを淹れる。

ＣＤはトム・ウェイツをかけた。嗄れた声が響き出す。

三栖さんは、今日は疲れたから片岡くんを放り込んだら戻ると言っていたから、じきに帰ってくるだろう。いったん家に戻った純也も、きっと話を聞きに来る。

「まぁ」

いつもの夜になるわけだ。

いつもと変わらない、夜。

扉が開いて、カラン、と鈴が鳴る。

三栖さんが、入ってくる。

「お帰り」

カウンターのスツールに座っていた純也が、くるりとスツールを回して三栖さんの方を向いて言った。三栖さんは苦笑いして、頷く。

「ただいま」

「お疲れさま」

言うと、頷きながら息を吐き、純也の隣りに座る。

「コーヒーでいいですか？」

「頼む」

煙草に火を点けて、煙を吐く。首を回して店内を眺めた。

「皆は、無事に帰ったか」

頷いた。

「それぞれに、それぞれのところへ」

そうか、と、頷いた。

「相当疲れたんじゃない？　もういい加減、年なんだし」

純也がからかうように言うと、三栖さんは素直に頷いた。

「まだまだ、と、言いたいがその通りだ。このまま部屋の万年床で眠りたいぐらいだ」

「たまには部屋を掃除してくださいよ」

大家としては家はきれいに使ってもらいたい。

「大丈夫だよダイさん。近いうちに新しい奥さんが来るから」

皆で笑った。コーヒーをカップに入れ、三栖さんの前に置く。

「まったく」

溜息をついてコーヒーカップを持ち、一口飲んだ。

「とんだ迷惑を掛けちまったな」

「でも、久しぶりにおもしろかったよ」

　純也が笑う。

「おもしろがってもらっても困るんだが」

　苦笑いして、煙草を吹かす。トム・ウェイツの〈Waltzing Matilda〉がスピーカーから流れ出す。

「まぁ全部俺がポケットからこぼして蒔《ま》いちまった種のせいだ。楽しんでもらえて良かったよ」

　紫煙が、流れていく。

「さっきは、梨香ちゃんがいたから訊けなかったけど」

「うん」

「この後、松木さんは大丈夫なんですか」

　三栖さんは、首を横に小さく振る。

「それはわからん。だがとりあえず俺が乗り込んだし片岡は逮捕したから、あの件はお流れだ。奴もそのまま組長としてやっていけるさ」

「あれってさ、相当ヤバかったんじゃないの？　拳銃とかで脅されなかった？」

　純也が訊いた。

「そんなバカはしないさ。ああいう会合はマル暴の方でもきちんと把握している。ただの〈食事会〉という名目なんだから、乗り込んだところで刑事を袋だたきになんかしたらそれこそ言い逃れできなくなっちまう。向こうにしてみればまさか単独で来てるなんて思わないからな」

「まぁ、そういうもんか」

「松木さんと顔を合わせたんですよね？」

こくん、と頷いた。

「でも、その場じゃ挨拶もできないでしょ」

「したよ。俺は松木を脅しに行ったんだからな」

「脅しに？」

そうか、と、純也がカウンターを叩いた。

「二人が仲が良いのがバレたら拙いんだもんな。三栖さんは『片岡って学生を逮捕したけど、てめぇは関係ないんだろうなぁおい！』って感じで、あるんならぶち込むぞって演技をしたんだ」

「その通り。さんざん二人でその場でテーブル引っ繰り返して騒いできたよ」

それで、松木さんは救われる形になるんだ。他の親分たちにもメンツが立つ。

「そういうことだ。ただ、いつどこで死んでもおかしくないのは変わらん。元々がそういう商売だからな。俺にできることはさっさと奴に手錠をかけて刑務所に放り込むだけだ。そうしたからといって堅気になれるとも限らんがな」

　また溜息をつく。煙が流れる。

「刑事ってのも、いつでもブルースが流れる中を泳いでるようなもんだ」

　自分の親友がいつ死ぬのかもわからない。自分のせいで死ぬかもしれない。三栖さんはそんな毎日をもう二十年も続けている。

　二人の間に本当は何があったのか、どんな経緯があって道が分かれてしまったのかは、まだ確かめていない。

　でも、それは私たちが訊いていい話じゃないように思う。

「でもさ」

　純也が言う。

「松木さんも三栖さんも、そんな危なっかしい綱渡りを二十年もやってるんでしょ？　相当悪運強いっていうか、もう二人ともさ、人生が悪運そのものなんじゃないの？　死神がお迎えに来てもダメだこりゃって尻尾巻いて逃げ出すんじゃない？」

　三人で笑った。

「確かにそうかも」

「違いないな」

「それに、あんなさぁ」

純也がカウンターに寝転がっていたクロスケを抱っこして言う。クロスケが少し不満そうな声を出したが、大人しく抱かれている。

「甲賀さんみたいな素敵な人が待っててさぁ、三栖さん死ねないじゃん」

三栖さんが思いっきり嫌そうな顔をした。

「まったくややこしいことをしやがって」

「でも、恋人なんでしょ?」

純也がどんどん突っ込む。三栖さんは煙草を吹かして天井を見上げて、俺は知らんという顔をする。

「俺よりダイたちが先だ」

こっちに来たか。

「まだあゆみちゃんは学生ですよ」

「学生でも何でもいいから、もうお前はさっさと陥落して、あゆみちゃんと結婚しろ。俺たちに幸せなワルツでも聴かせてくれ」

＊

そんなことを言った三栖さんが再婚したのは、私たちに幸せなワルツを聴かせてくれたのは、その翌年の春だった。

互いに忙しく、三栖さんは再婚というのもあって教会での身内だけでの簡素な式しかしなかったのだけど、それでは丹下さんが納得しなかった。

そんなクソ恥ずかしいことをさせないでくれ、と渋る三栖さんを一喝、かつ、説得して〈弓島珈琲〉の中庭で、この店の身内だけでささやかなパーティをやった。

三栖さんはもう二度とタキシードなんか着ないというので放っておいて、甲賀さんには白い可愛らしいスレンダーなウェディングドレスを用意した。甲賀さんは本当にきれいで、あゆみちゃんと梨香ちゃんは頰を上気させてうっとりしていたみたいだった。

丹下さんは、まるで出来の悪い息子にようやく春が来た母親みたいに、ボロボロ泣いて三栖さんを慌てさせた。さすがの三栖さんも丹下さんの大粒の涙にはまいったのか、瞳を潤ませてお礼を言っていた。これからもミートソースを食べさせてほしいから、いつまでも元気でいてほしいと。

純也はもちろん、香世ちゃんも子供を抱っこして、すっかりお母さんの顔になってやってきてくれた。

久しぶりの和泉《いずみ》も真紀も顔を出した。二人とも広告業界は景気が悪くてまいると言いながらも元気そうだった。

苅田さんは、車椅子だったけれど何とか出席できて皆が喜んでいた。マコトも、小菅《こすげ》

も、小菅の奥さんになったまりもさんも顔を出してくれた。あゆみちゃんは久しぶりに会う恩師にとてもきれいになったと言われ、さかんに照れていた。

三栖さんの元奥さんである由子さんは用事で来られなかったけれど、手紙ときれいな花束を息子の宏太くんに託してくれた。別れてしまった家族だが、関係は変わらず良好なようだ。宏太くんは将来警察官になると言っているそうだけど、それはどうかなと三栖さんは苦笑していた。

三栖さんとも縁があった、そして今は橋爪さんとも常に顔を合わせている吉村さんも顔を出してくれた。人生に目出度い席は多ければ多いほどいいんだと言ってくれた。お前もさっさと結婚しろとも。

美知子さんももちろん、店を休んで出席した。二度目は来たけど、三度目は来ないからしっかりやってよと三栖さんに言って皆で笑っていた。

松木さんは、来なかった。

ただ、送り主の名前のない、豪華な花束だけが届いていた。

それはドライフラワーにして、今も三栖さんの部屋にある。

解説

藤田香織
（書評家）

たとえば。今、「あなたに親友はいますか？」という質問をされて、「はい」と答えられる大人は、どれくらいの割合で存在するのだろう。

私は、といえば「親友」という言葉を、たぶんもう、何十年も口にしていない。子どもの頃には、「私たち親友だよね」と確認し合ったことも、「だって親友じゃん！」と笑ったことも、「親友なのに！」と泣いたことも、確かにあった。あった、と思う。

でも、いつからだろう。口に出すことに気恥しさを感じるようになって、そのうち言葉を重く感じるようになった。「親友」は「友達」と何が違うのか。「仲間」とは、どこで線を引くのか。気がおけずなんでも話せる。長い時間を一緒に過ごしている。弱音を吐ける。深刻な悩みを相談できる。あれこれと親友の定義を考えてみても、なんだかしっくりこない気がしたし、就職、結婚、出産とそれぞれの道が分かれていった二十代から三十代の頃には、親友をもつことは恋人を作るよりも難しいんじゃないか、とさえ感じていた。
「親友」という言葉は、一種の呪縛だ。子どもの頃は、いや、正直に言えば大人になっても長らく、親友がいないなんて恥ずかしい、という気持ちがあった。けれど、四十歳も過ぎると、さすがにそんな呪縛も解ける。仲の良い人はいる。気軽に会って飲み交わせる人もいる。長く会っていなくても、離れていても、何かあれば力になりたい人もいる。相手も同じ気持ちでいてくれるとは限らないけれど、それだけで良いじゃないか、と思うようになったのだ。もちろん、もっとずっと早く、親友幻想から解き放たれる人もいるだろう。先の質問には恐らく、「いいえ」と答える人の方が多いのではないだろうか。

でも、だけど。こんな物語を読むと、やっぱり少し羨ましくなる。大人になってもらいなく「親友」だと言い合える、のではなく、胸の奥でそう思い合える関係が。頼って頼られて、迷惑をかけてかけられて、怒って怒られて、それでも「しょうがないな」と笑い合える関係が。

それがどれほど難しいことなのか、もう十分、分かっているのに。

二〇一四年七月に、単行本が発売された本書『ビタースイートワルツ　Bittersweet Waltz』（実業之日本社刊）は、「親友」という得難い関係性が、ひとつ大きな鍵となっている。

時は二〇〇〇年四月。物語は、北千住の住宅街に建つ〈弓島珈琲〉の庭に、遅咲きの桜が咲くある夜、店に初顔の客がふたり続けてやって来たことから動き出していく。

最初に店を訪れたのは、二十代後半から三十代前半くらいの年齢と思《おぼ》しき甲賀芙美。カウンターに立つダイに「弓島大さんでしょうか」と確認した彼女は、続いて「三栖警部の大家さんですね？」と問うた。ダイは、祖父母が遺《のこ》した古い洋館風の家を改装した店の二階で寝起きしているが、同じ敷地内には、かつて両親が住んでいた日本家屋が隣接していて、約十年前から一万五千円という格安の家賃で三栖に貸している。警視庁に勤める三栖は、現在、刑事部特命捜査対策室特命捜査第五課係長で階級は警部。甲賀は、所属部署こそ異なれど、平たく言えば〈暴力団の情報収集分析〉を担当する事務方で、三栖の部下だと名乗り、「三栖警部と連絡が取れなくなっているんです」と切り出した。定時の連絡が途絶えて既に三十一時間。甲賀は、本来なら捜索に動き出す緊急事態だが、一度だけ特別な連絡が入ったため、自分の判断で報告を止めている、と言う。その「特別な連絡」とは、〈ダイへ〉とわずか三文字だけが記されたメールだった。

以前から大家であるダイとの関わりを含め、甲賀に話をしていたという三栖は、仕事ではなく日常生活のなかで苦境に立たされるような状況に陥った場合、誰を頼るかという雑談のなかでも、ダイの名前を挙げていた。仕事としての定時連絡を絶った三栖が

〈ダイへ〉とだけ記したメールを、甲賀に送った意図とは何なのか。三栖に何が起きているのか。甲賀と共に、ダイと店に居合わせた近所に住む純也は、あれこれ推測を立てるが、不確定要素が多すぎて、動き出すにも手掛かりが摑《つか》めない。

そこへ、ふたりめの客が姿を現す。込み入った話の最中でもあり、閉店を告げ謝るダイに、サラリーマン然としたスーツ姿の男もまた「〈弓島珈琲〉って、君が弓島さん？」と何気なく訊《たず》ねてきた。男は、求めた煙草《たばこ》の代金と一緒に、胸ポケットから名前と携帯電話の番号だけが記された名刺を取り出し、ダイに手渡す。〈松木孝輔〉。

名刺を見た甲賀は、同じ名前の暴力団組長がいる、とダイたちに告げた。

時間的にも場所的にも、一見《いちげん》の客がふらりとやって来るとは思えない。まして、三栖が姿を消したと聞いた日だ。タイミングが良すぎる。ダイと純也は、三栖の元妻や息子からそれとなく情報を聞き出し、かつて三栖が逮捕し、服役を終えた今は福祉施設で働く橋爪道雄に協力を仰ぐことを、甲賀は警察のデータベースで松木の確認を取ることなどを決め、様子を見ることに決めた。

しかし、その翌日。弓島珈琲に更なるトラブルが持ち込まれる。ダイだけでなく、従業員の丹下さんや常連客の純也たちも懇意にしている大学生の加藤あゆみが、仲良くしている友人・七尾梨香の様子がおかしいと相談してきたのだ。連絡もなく大学を三日休んでいる。携帯やメールにも返事が来ない。心配になって住んでいるマンションに様子を見に行ったところ、なんとなく人の気配はするものの、反応がないという。

時を同じくするように連絡が取れなくなった刑事の三栖と大学生の梨香。曰《いわ》くあり気に姿を見せた暴力団・実業組の組長、松木。やがてダイを筆頭にした丹下さんが言うところの〈弓島探偵事務所〉の面々は、三者の関係を解き明かし、騒動の真相へと肉薄していくのだが、事の真相の背景にいくつもの「親友」という関係性が顔を覗《のぞ》かせる。

大学時代、弓島珈琲に改装する前の家で共に暮らしていた淳平、ワリョウ、ヒトシ、真吾と、卒業以来、揃《そろ》って顔を合わしていないダイ。その存在を、「親友と言ってもいい男が俺にもいた」と過去形で語る三栖。親友であるあゆみにも、打ち明けられない秘密を抱えていた梨香。時が過ぎ、疎遠になり、隠し事があっても、揺らがぬ思いがそれぞれの心にはある。

と同時に、心を揺さぶられるのは、平行して描かれていく、親友ならぬ、信頼で結ばれた関係性だ。かつて、容疑者と刑事として出会ったダイと三栖。三栖を〈悪党に出し抜かれたまま命を落とすような人ではありません〉と言い切る甲賀。恋人を死に至らしめた橋爪を〈信用できます〉と認めるダイ。ダイは三栖のことも橋爪のこともこれから先も「親友」とは呼ばないだろう。反対に、親友だと認め合うあゆみと梨香は、ここから信頼を築いていくのだろう。作者である小路さんは、親友、信頼といった口当たりの良い関係性の奥にあるほろ苦さからも目を逸《そ》らさない。けれど、全てを読み終えた後には、柔らかな甘さを残すのだ。

さて。

もちろん、だからこそ手に取った、という方も少なくないはずだが、本書は『モーニング Mourning』（〇八年実業之日本社刊→実業之日本社文庫）、『コーヒーブルース Coffee blues』（一二年刊、同）に続く、通称ダイ・シリーズの三作目でもある。

前二作を未読であっても、本書を楽しむことは十分可能だったに違いないが、最後に簡単にこれまでの概要を記しておこう。

一作目「モーニング」は、本書から数えて六年後となる二〇〇六年の物語だ。ダイは、「親友」のひとり真吾の葬儀に出席するため福岡に向かい、二十二年ぶりに集まった、淳平、ワリョウ、ヒトシと共に、ある理由からレンタカーで帰京することになる。ダイと仲間たちは四十五歳になっているが、主に語られるのは真吾を含めた五人の大学時代で、彼らが長年顔を合わせていなかったのは、離れた場所に暮らしているから、という理由だけではないことも分かる。

続く二作目の「コーヒーブルース」は一九九一年。三十歳のダイは、当時中学一年生だったあゆみの失踪事件を、三栖さん、丹下さん、純也や本書で療養中の苅田さんらと共に解決するため奔走する。本書で〈あのときに、ダイさんや皆さんに救われなかったらどうなっていたかわからない〉と口にしたあゆみに、何があったのか綴《つづ》られると同時に、ダイのかつての恋人・夏乃が死に至った事件の詳細も語られているのだが、それはダイと三栖の出会いでもあり、橋爪が犯した罪の話でもある。

この経緯を知っていると、本書のラストシーンで、夏乃の父であり、広告代理店に勤務していた頃のダイの上司でもあった吉村さんが言った〈人生に目出度い席は多ければ多いほどいいんだ〉〈お前もさっさと結婚しろ〉という言葉の重みを感じずにはいられなくなるはず。

そして今年、二〇一六年の九月には、シリーズ四作目となる『スローバラードSlow ballad』の刊行が予定されている。「モーニング」がダイの仲間のなかでも、淳平と真吾を主とした話だったのに対し、こちらはヒトシの息子の家出から端を発する物語だ。三栖さんが住んでいた家には、大学生になったワリョウの息子が下宿していて、もう少しだけ明かすと、ダイも父親になっている。家出騒動は思いがけない展開を見せ、「モーニング」で語られた封印された記憶へと繋《つな》がり、ダイ、淳平、ワリョウ、ヒトシの四人は、真吾の葬儀以来、久しぶりに集合する。五十三歳になる彼らは、三十年前とは立場が違う。家族が増え、背負っている責任も増えた。その変化が、少し淋《さび》しくもあるけれど、その淋しさをダイが自覚し、自重している点が白眉だと思う。

八十一歳になる丹下さんのミートソースは、変わらず弓島珈琲の人気メニューだし、甲賀さん曰く「悪魔のような狡猾《こうかつ》さ」を持つ三栖さんの歌舞伎町界隈《かいわい》での「あだ名」も必見。

面白さは保証しよう。

シリーズの最後まで、小路さんの筆が緩むことはない。読者が寄せる信頼に、充分応える物語だ。

二〇一四年七月　実業之日本社刊

実業之日本社文庫 し13

ビタースイートワルツ Bittersweet Waltz

2016年8月15日 初版第1刷発行
2022年7月4日 初版第2刷発行

著 者 小路幸也《しょうじゆきや》

発行者 岩野裕一
発行所 株式会社実業之日本社
〒107-0062 東京都港区南青山5-4-30
emergence aoyama complex 3F
電話 [編集]03(6809)0473 [販売]03(6809)0495
ホームページ https://www.j-n.co.jp/
印刷所 大日本印刷株式会社
製本所 大日本印刷株式会社

フォーマットデザイン 鈴木正道(Suzuki Design)

ISBN978-4-408-55305-4(第二文芸)